Psychotherapie im Himmel

D1994881

Jörg Röske

Psychotherapie im Himmel

Roman

Copyright by Jörg Röske, 2014.

Verlag: epubli.

Satz und Bildmaterial: Jörg Röske.

ISBN: 978-3-7375-2471-1

1

Lu Teufel war sauer. Denn er erfuhr, dass man jetzt auch im Himmel Psychotherapie machen wollte. Mit dem besonderen Fahrstuhl fuhr er von seinem Reich bis ganz nach oben. Gott empfing ihn in seinem Anzug am Aufzug.

„Was gibt es, Lu?“, fragte Gott.

„Ich muss mich beschweren.“

„Wer sich beschwert, wird auch schwerer.“

„Oh, ich bemerke, wie ich gerade ein wenig in den Boden einsinke.“

„Siehst du?“

„Du hast ja Recht, Gott. Du hast immer Recht, das ist schon klar. Aber ich habe gehört, du willst jetzt auch Therapie machen?“

„Ich will keine Therapie machen, ich möchte sie geben.“

„Aber ich habe das Monopol auf Therapie!“

„Du klingst streng, Lu.“

„Na, höre mal! Ich bin der Teufel!“

„Der Teufel ist nicht streng, er ist destruktiv.“

„Das habe ich hinter mir.“

„Und das hatte ich wohlwollend zur Kenntnis genommen. Aber ich darf doch auch Leute therapieren?"

„Nein, darfst du nicht! Das war meine Idee!"

„Na gut, dann schicke ich die Klienten zu dir."

„Was? Ich will keine Christen und deren Partikularismen in meiner Hölle! Ich will anständige Bösewichte!"

„Na gut, dann therapiere ich sie."

„Das wirst du nicht schaffen."

„Und wieso?"

„Das sind Katholiken, das sind Adventisten, das sind Mormonen, das sind Zeugen Jehovas...!"

„Dann hilf mir!"

„Und wie?"

„Indem ich dir ein paar von den Katholiken schicke."

„Aber wenn es geht, ein paar Erzkatholiken, sonst macht es keinen Spaß."

„Kommt wieder der Teufel in dir durch?"

„Ich werde sie schon nicht verbrennen."

„Moment, das war nicht dein Job gewesen."

„Das weiß ich, aber dieser Job wurde mir in die Schuhe geschoben. Alles Böse hatte man mir zugeschrieben."

„Du hast doch keine Schuhe, sondern Hufe."

„Ich weiß, aber sage es keinem weiter."

„Nachmittag eines Fauns."

„Du sagst es. Man darf doch wohl mal tagträumen?"

„Nichts dagegen. Wieso bist du eigentlich heidnisch?"

„Um dem Imperium der Christenheit einen Antagonisten zu liefern."

„Klingt intellektuell."

„Ich darf doch wohl mal ein bisschen intelligent sein, oder?"

„Was macht Hel?"

„Sie beschwert sich."

„Worüber?"

„Sie sagt, ich mache zu wenig Sex mit ihr."

„Frauen, ich hätte sie nicht erschaffen sollen."

„Gehe nicht so streng mit dir ins Gericht, Gott."

„Nein, wirklich. Wer hat die Frucht vom Baum der Erkenntnis des Bösen und Guten gepflückt? Es war eine Frau."

„Das ist schon richtig, aber ich liebe meine Frau."

„Mist."

„Was?"

„Jetzt kann ich aus dieser Geschichte nicht mehr aussteigen."

„Aus welcher?"

„Na, die Sache mit der Rippe."

„Letzte Woche hatte ich noch gegrillt."

„Fleisch?"

„Bestimmt keine Sojawürstchen."

„Was sind Sojawürstchen?"

„Blähmittel."

„Gehe wieder in deine Unterwelt, Lu."

„Wieso?"

„Das wird mir zu subversiv."

„Was ist *subversiv*?"

„Wie gut, dass ich dich nicht mit so viel Intelligenz ausgestattet habe, Lu. Du würdest nur Blödsinn machen."

„Was? Ich bin dumm?"

„Das habe ich nicht gesagt. Nur nicht so intelligent, wie..."

„Wie wer?"

„Na, wie ich."

„Du bist nicht intelligent, Gott. Ich denke sogar, du bist recht dumm, vielleicht sogar noch dümmer als ich."

„Das heißt *wie ich*."

„Okay, du bist noch dümmer wie ich."

„Und wieso?"

„Na ja, du hast Menschen gemacht."

„Ja, und?"

„Überlege doch mal selber, Gott."

„Nach deiner Aussage kann ich nicht überlegen."

„Ich mache dir einen Vorschlag, Gott."

„Klingt wieder so, als hätte ich von nichts 'ne Ahnung."

„Jetzt mal im Ernst, wer Menschen macht in so einer Laune aus der Ewigkeit heraus, der muss sie doch nicht mal alle stramm haben, oder?“

„Wieso?“

„Sage mal, pennst du die ganze Zeit? Kriegst du nicht mit, was die Menschen alles für einen Unsinn machen?“

„Ich mag die Menschen.“

„Um das mal klar zu stellen, ich mag die Menschen nicht! Die machen nur Scheiß!“

„Dann kümmere dich um sie, Lu!“

„Mache ich schon in meiner wohltemperierten Hölle. Jetzt sind wir wieder bei meinem Vorschlag.“

„Ich höre.“

„Was ist, wenn ich den Himmel für dich ausbaue?“

„Wieso denn das?“

„Dann kannst du besser Psychotherapie machen.“

„In Räumen?“

„Ja, in Räumen. Psychotherapie macht man in Räumen.“

„Und was ist mit meinem Himmel und meinen Wolken?“

„In Räume baut man in der Regel Fenster ein.“

„Dann kann ich also bei einem psychotherapeutischen Gespräch noch die Wolken und den Himmel sehen?“

„In der Regel ja.“

„Und außerhalb der Regel?“

„Dafür gibt es Vorhänge oder Rollos.“

„Dann wird es aber dunkel.“, sagte jemand.

Lu Teufel guckte. Er sah den Jemand und war entgeistert.

„Nicht Sie schon wieder.“, sagte Lu Teufel genervt.

„Tut mir auch echt leid.“

„Das meinen Sie nicht wirklich ernsthaft.“

„Stimmt.“

„Wie gesagt, ich mag die Leute nicht, die sich nicht an die Regeln halten, Graf.“

„Sie wissen noch, wer ich bin?“

„Ja, klar. So was, wie Sie, vergisst man nicht.“

„Immerhin basiert mein literarischer Klassiker auf meiner Existenz.“

„Sei es Ihnen gegönnt. Haben Sie Umsätze?“

„Filmisch oder literarisch?“

„Ich denke, ich habe mehr filmische Umsätze als literarische.“

„Denken Sie?“

„Ja, denke ich.“

„Und was macht so das Blut?“

„Ich bin auf Tomatensaft umgestiegen.“

Luzifer kollabierte fast.

„Tomatensaft?“, fragte Lu.

„Hat die dieselbe Farbe und ist gesünder.“, antwortete der Graf.

„Das meinen Sie jetzt nicht im Ernst?“

„Haben Sie schon mal Tomatensaft getrunken?“

„Ich?“

„Ja, Sie.“

„Äh, hm, keine Ahnung. Ich hatte das Blut unzähliger Toten durch die Jahrhunderte gesoffen, aber Tomatensaft war, so meine ich, nicht dabei gewesen.“

„Probieren Sie mal.“

„Woraus wird Tomatensaft hergestellt?“

Der Graf guckte.

„Der Schlaueste sind Sie wohl nicht?“, fragte der Graf.

„Wieso?“

„Das weiß doch jedes Kind.“

„Ich bin ein gefallener Engel, woher soll ich das denn bitteschön wissen?“

„Na, über den *Kurier für gefallene Engel.*“

„Über den was?“

„Manchmal frage ich mich, wie es mit der Hölle weiter gehen soll mit so einem bescheuerten Anführer.“

„Was ist denn jetzt der *Kurier für gefallene Engel?*“

„Das ist eure regionale Zeitung. Da stehen Rezepte drin, zum Beispiel, wie gefallene Engel Tomatensaft machen können.“

„Echt?“

„Wenn ich es doch sage.“

„Wo kriegt man den Kurier?“

„Der müsste in Ihrem Briefkasten liegen. Ist gestern ausgeteilt worden.“

„Von wem?“

„Von Dämonen, die zu der Gilde der Vampire konvertiert sind."

„Was? Da sind welche von mir abgefallen?"

„Ist nicht mein Problem. Und probieren Sie Tomatensaft, der entspannt."

„Und wie war das mit dem Kinderkanal?"

„Ich habe es mir überlegt. Machen Sie lieber Meditation."

„Entspannt das auch?"

„Sogar noch viel besser."

Da kam ein Adventist daher.

„Was habe ich gehört? Meditation?", fragte der Adventist.

„Ja, Meditation. Was dagegen?", fragte der Graf.

„Meditation ist vom Teufel.", sagte der Adventist.

„Von mir?", fragte Lu.

Der Adventist guckte ängstlich.

„Sind Sie der Teufel?", fragte der Adventist.

„Mein Name ist Lu Teufel. Lu ist eine Abkürzung und kommt von *Luzifer*."

„Oh Gott, stehe mir bei.", sagte der Adventist.

„Redest du mit mir?“, fragte Gott, der dabei stand.

„Wer sind denn Sie?“, fragte der Adventist.

„Ich bin Gott.“, sagte Gott.

„Jetzt echt?“

„Wenn ich es doch sage.“

„Ich habe mir Gott immer anders vorgestellt.“

„Ich weiß, ich kenne das Problem. Man stellt sich mich immer als alten Mann vor mit langem Bart. Dabei bin ich nicht der Nikolaus, sondern rasiert und in einem Anzug.“

„Darf ich Sie zu einem unserer Gottesdienste einladen?“, fragte der Adventist Gott.

„Nein danke, ich hätte jetzt gerne lieber einen Tomatensaft.“, sagte Gott.

2

Lu Teufel fuhr mit dem Adventisten in dem Fahrstuhl zurück in die Hölle.

„Wieso muss ich denn jetzt mitkommen?“, fragte der Adventist.

„Weil du was lernen sollst.“, sagte Lu.

„Von Luzifer?!“

„Du kennst doch die Offenbarung.“

„Ich bin Adventist.“

„Dann wäre das schon mal geklärt. Kennst du auch Offenbarung Kapitel drei?“

„Ich sagte schon, ich bin Adventist. Wieso wird das so warm?“

„Wir heizen mit Atomenergie.“

„Im Inneren der Erde?“

„Nein, in der Hölle.“

„Die Hölle gibt es nicht.“

„Hast du 'ne Ahnung.“

„Ich bin standhaft.“

„Bist du ein echter Adventist?“

„Ich gehe jeden Sabbat in den Gottesdienst, ich lerne immer die Lektion, ich gebe den Zehnten, ich gebe Gaben, ich verteile Karten für die Bibellehrbriefe."

„Dann bist du ja echt heilig."

„Will ich doch meinen."

„Singst du am Ende des Gottesdienstes auch immer die *Gnade* mit?"

„Aber natürlich."

„Und was machst du dann?"

„Irgendwie wird es immer wärmer."

„Das ist unsere Zentralheizung, atomar gespeist, wie gesagt. Also, was machst du nach dem Gottesdienst?"

„Dann essen wir zu Mittag."

„Und dann?"

„Dann lege ich mich für gewöhnlich hin."

„Und dann?"

„Dann gibt es Kaffee und Kuchen."

„Und dann?"

„Dann gehen wir noch etwas spazieren."

„Und dann?"

„Wenn die Sonne untergegangen ist, schaue ich Fernsehen."

„Vorher nicht?“

„Nein, da ist der Sabbat, da darf man kein Fernsehen gucken.“

„Also verboten?“

„Man darf den heiligen Sabbat nicht entweihen.“

„Wenn mal also am Sabbat Fernsehen schauen würde, dann würde man diesen Tag entweihen?“

„Genau.“

„Und wenn man es doch machen würde?“

„Dann kommt man nicht in den Himmel.“

„Hattest du am Sabbat schon mal Fernsehen geguckt?“

„Noch nie. Wie gesagt, ich bin ein echter Adventist.“

„Und wieso bist im Moment geradewegs auf dem Weg zur Hölle?“

„Es gibt keine Hölle.“

„Ich weiß.“

„Schön, dass du das auch so siehst.“

„Tut mir leid, das war keine konform gehende Aussage, sondern nur eine bestätigende Aussage über das, was ich über dich weiß.“

„Du solltest die Bibellehrbriefe studieren, Luzifer!“

„Habe ich schon.“

„Jetzt echt?“

„Ja. Ich hatte mir gedacht, wenn ich mich mit Adventisten beschäftigen möchte, dann muss ich im Bilde sein.“

„Wann ist Taufe?“

„Am 6.6. des Jahres 6 nach Christus.“

Der Adventist guckte.

„Du verarschst mich, Luzifer!“

„Das hätte ich dir jetzt aber nicht zugetraut.“

„Was?“

„Dass du das merkst. Und außerdem hast du ein böses Wort gesagt.“

„Ach ja, *verarschen*. Oh.“

„Ist das jetzt schlimm für dich?“

„Jesus wird mir vergeben.“

„Dann bin ja beruhigt.“

„Und ich erst.“

Lu schaute zu dem Adventisten.

„Du hast ja Humor.“, sagte Lu.

„Wenn du in die Hölle reist, dann nimm den Humor mit.“, sagte der Adventist.

Lu schaute wieder zu dem Adventisten. Und kollabierte fast vor Lachen. Dann beruhigte er sich wieder. Und sah, dass der Adventist etwas grinste.

„Hey, schlag ein Kumpel!“, sagte Lu und hielt ihm die Hand hin.

Der Adventist nahm seine Hand und schüttelte die des Teufels.

„Nein, Moment. Du musst auf meine Hand schlagen.“, korrigierte ihn Lu.

„Ach so.“

„Also noch mal.“, sagte Lu und hielt ihm seine Hand neuerlich hin.

Da schlug der Adventist mit seiner Hand drauf.

„Yeah!“, sagte Lu.

„Muss ich jetzt auch *yeah* sagen?“

„Ja, natürlich, du hast ja jetzt einen Pakt mit dem Teufel geschlossen.“

„Was?!“

„Keine Panik, das war nur ein Witz.“

„Yeah.“, sagte der Adventist leise.

„Wir werden schon klar kommen, mein Lieber.“, sagte Lu, „Der Anfang ist gemacht.“

„Wenn ich das unserem Prediger erzähle, dass ich mit dem Teufel gesprochen habe.“, sagte der Adventist zu sich.

„Wir sind da.“, sagte Lu.

Die Fahrstuhltür öffnete sich, und die beiden stiegen aus. Der Adventist guckte.

„Hier ist ja alles ausgebaut.“, ließ der Neuzugang verlauten.

„Ja, ich habe mir Mühe gegeben.“, sagte Lu.

„Und wo sind jetzt die ganzen Leute, die von Dämonen gequält werden?“

„In den Behandlungszimmern.“

„Behandlungszimmer?“

„Ja, da machen die Dämonen mit meinen verlorenen Seelen Psychotherapie.“

„Psychotherapie ist vom Teufel.“

„Sag' ich doch.“

Der Adventist schaute sehr irritiert.

„Ich habe mal eine Frage.“, sagte der Adventist.

„Ich höre.“, sagte Lu.

„Wie sieht denn so eine Psychotherapie aus?“

„Das Grundprinzip meiner Psychotherapie sind Gespräche."

„Gespräche?"

„Ja, wir reden miteinander. Es gibt das Einzelgespräch, es gibt die Gruppentherapie, und es gibt Selbsthilfegruppen."

Der Adventist guckte den Luzifer an. Der bemerkte das.

„Ist irgendwas?", fragte Lu, „Stört dich mein Aussehen oder was?"

„Bist du sicher, dass du der Teufel bist?"

„Mein Name ist Luzifer Teufel oder abgekürzt Lu Teufel."

„Was du da machst, klingt nach Hauskreis, so wie wir das machen. Und nach Seelsorge."

„Es gibt Unterschiede."

„Und welche?"

„In euren Hauskreisen sprecht ihr biblische Themen durch. In unserer Gruppentherapie reden wir über unsere Gefühle und tauschen Gefühle aus."

„Macht ihr da Gruppensex?"

Jetzt guckte Lu den Adventisten an.

„Was ist?“, fragte der Adventist.

„Ich frage mich allen Ernstes, was in deinem Kopf vor sich geht, Adventist.“

„Jesus rettet uns alle, aber dich nicht, Luzifer! Du bist verloren!“

„Oh, Mist! Ein Rückfall!“

Da klingelte Lus Handy.

„Ja, hier Lu Teufel.“

„Hier Gott.“

„Tagchen Großer.“

„Sage bitte nicht so was zu mir.“

„Was denn?“

„Na ja, *Großer*.“

„Wieso?“

„Dann fühle ich mich so weit entfernt von euch.“

„Weit entfernt von wem?“

„Na ja, von meinen Geschöpfen.“

„Aber du bist doch der große Gott.“

„Du hast ja keine Ahnung, wie ich mich als großer und unerreichbarer Gott einsam fühle.“

„Zumindest hast du meine Handynummer.“

„Wenigstens etwas. Du bist der einzige, der zu mir steht."

„Was gibt es denn?"

„Hier ist gerade so ein Typ."

„Ach ja."

„Der macht irgendwie Probleme."

„Was denn für Probleme?"

„Er hält sich für Gott."

„Du sollst doch keine anderen Götter neben dir haben!"

„Tut mir ja auch leid, aber er macht hier echt Terror."

„Im Himmel?"

„Ja, er beansprucht den Himmel für sich."

„Wie heißt der denn?"

„Moment."

Gott wandte sich an den Terrorgott.

„Wie heißt du noch mal?", fragte Gott.

„Odin!", sagte der Terrorgott.

Gott wandte sich wieder an Lu.

„Er nennt sich *Odin.*", sagte Gott zu Lu.

„Du bist auch eine Pflaume, Gott.“, sagte Lu.

„Wieso?“

„Dass du den Allvater der Germanen zu dir einlädst.“

„Ich habe den nicht zu mir eingeladen.“

„Aber er ist immerhin bei dir.“

„Ich weiß auch nicht, wie das passieren konnte.“

„Hast du keinen Plan oder was?“

„Ich bin Gott, ich brauche keinen Plan.“

„Selbst schuld. Dann setze dich mal mit Odin auseinander.“

„Der hat auch noch Frauen auf Pferden dabei.“

„Das sind die Schildjungfern Odins, die sogenannten Walküren.“

„Woher weißt du das alles, Lu?“

„Ich bin der Teufel, ich bin gebildet.“

„Du wirst mir langsam unheimlich. Jetzt weiß ich auch, warum ich dich verstoßen hatte.“

„Und weswegen?“

„Du liest so viel.“

„Ist das eine Sünde?“

„Hm, eigentlich nicht. Aber wenn du so viel liest, dann bist du irgendwann schlauer als ich."

„Erliegst du immer noch dem Wahn, der Größte sein zu wollen, Gott?"

„Ich bin der Größte."

„Aber mit Odin und den Walküren, das hast du nicht gewusst."

„Dafür habe ich ja dich."

„Ne, bin ich nicht mit einverstanden. Ich bin nicht der Notnagel für deine Unwissenheit."

„Aber du bist doch mein schönster Engel!"

„Es hat sich ausgeengelt."

„Was soll das heißen?"

„Das bedeutet Krieg!"

„Na, endlich ist wieder was los im Universum."

„Aber ich fange an."

„Hattest du schon mal."

„Und? War dir das nicht gut genug?"

„Du hattest verloren. Du hattest nur ein Drittel meiner Engel auf deine Seite ziehen können."

„Jetzt ziehe ich alle deine Engel auf meine Seite."

„Kannste ja versuchen."

„Und sage ihnen bitte, die Harfe zu Hause lassen, aber bitte ein Butterbrot einpacken."

„Ja, sage ich ihnen."

„Danke, auf dich ist Verlass."

„Aber wieso ein Butterbrot?"

„Der Kampf zwischen Gut und Böse wird anstrengend."

„Mit Käse oder Wurst?"

„Äh, ich würde sagen, Kräuterfrischkäse und darauf eine Scheibe Geflügelsalami."

„Ohne Butter?"

„Ja, ohne Butter. Wegen des Cholesterins."

„Du bist ja ernährungsbewusst. Bist du jetzt Adventist?"

„Gott bewahre!"

„Was? Ich soll dich davor bewahren, Adventist zu werden?"

„Nein, das mache ich schon selber."

„Du verzichtest auf meine Hilfe?"

„Wir sind im Krieg. Schon vergessen?"

„Dann will ich von dir eine Kriegserklärung."

„Okay, ab 5.45 Uhr schieße ich zurück.“

„So ist es fein.“

„Gott?“

„Ja?“

„Du bist doch der Gott der Liebe.“

„Ja, bin ich.“

„Ich bekomme allmählich Zweifel daran.“

„Dann arbeitest du für Luzifer.“

„Ich bin Luzifer.“

„Ach so. Habe ich vergessen, tut mir leid.“

„Höre auf, dich zu entschuldigen.“

„Wieso?“

„Das kommt nicht gut, wenn man sich gerade den Krieg erklärt hat.“

„Mir geht es nicht gut.“

„Was ist denn?“

„Man hat meinen Sohn getötet.“

„Oh, Mist.“

Lu dachte kurz nach.

„Ach, deswegen willst du Krieg? Weil du traurig bist?“

„Ja, und frustriert und sauer."

„Dafür bin ich Fachmann."

„Wie meinst du das?"

„Ich mache Psychotherapie, schon vergessen?"

„Ehrlich gesagt, weiß ich nicht, was das ist."

„Der Therapeut hilft dem, der Probleme hat."

„Würdest du mir auch helfen?"

„Ja. Und ich habe auch schon eine Idee."

„Was für eine?"

„Sage ich, wenn du hier unten bei mir bist. Und bringe Odin mit und noch weitere Götter, wenn du welchen begegnest."

„Okay. Wann kann ich kommen?"

„Nimm den nächsten Aufzug."

„Danke, Lu!"

„Schon okay."

3

„Was war?“, fragte der Adventist.

„Gott hat ein Problem.“

„Welches.“

„Man hat seinen Sohn getötet.“

Der Adventist guckte.

„Aber das musste so sein! Jesus ist für unsere Sünden gestorben!“, sagte der Adventist.

„Adventist?“, sagte Lu.

„Was?“

„Halt die Klappe!“

„Nein, ich halte nicht die Klappe, Luzifer! Du versuchst, das Opfer Jesu, das uns alle rettet, außer Kraft zu setzen!“

Lu nahm sein Handy.

„Ja, hier Solus.“

„Zwangsjacke.“

„Wo?“

„Am besonderen Fahrstuhl, aber beeile dich.“

„Bin unterwegs, Chef.“

Solus und Lu legten auf. Der Adventist schimpfte weiter.

„Du bringst das heilige Opfer des Sohnes Gottes in Misskredit, du Satan! Du entweihst das Opfer Jesu am Kreuz! Ach, würdest du es nur verstehen, wie Jesus dich liebt! Aber das kannst du nicht, du hast die Sünde wider den heiligen Geist begangen! Du kannst nie mehr umkehren, du bist verloren für immer!"

„Wieso hält der nicht die Klappe?", sagte Lu zu sich.

Da nahm er seinen MP3-Player, tat sich die Stöpsel in die Ohren, ging ein paar Schritte und hörte *Queen*. Das beruhigte Lu. Bald kam auch schon Solus. Er hatte eine Zwangsjacke dabei und eine Guillotine. Lu sah Solus und das Abtrennwerkzeug und nahm die Stöpsel aus den Ohren. Der Adventist wütete weiterhin.

„Was machst du denn mit der Guillotine hier?", fragte Lu.

„Ich dachte mir, sicher ist sicher. Du klangst, als wärst du in Not.", sagte Solus.

„Ich hatte mir zu helfen gewusst."

„Was haste gemacht?"

„Ich habe *Queen* gehört."

„Das ist doch eine satanische Gruppe, Chef."

„Was bedeutet das?"

„Die beten dich an."

„Also, jetzt mal im Ernst. Ich bin nie Freddy Mercury, John Deacon, Roger Tayler und Brian May begegnet. Und schon gar nicht in der Weise, dass sie vor mir nieder gefallen sind."

„Also, wenn ich Stress habe, höre ich lieber *Metallica*."

„Ist das auch vom Satan?"

„Das müsstest du doch am besten wissen, Chef."

„Und die *Beatles*?"

„Woher soll ich das denn wissen? Ich bin nur ein Dämon erster Klasse."

„Wieso sagen die, das ist Teufelsmusik?"

„Das sind Hysteriker."

„Woher weißt du das, Dämon erster Klasse?"

„Ich habe mich schlau gemacht. Ich habe ein paar Schriften von den Adventisten gelesen. Ich soll doch demnächst eine Selbsthilfegruppe für Adventisten übernehmen."

„Und wieso weißt du dann nichts über die *Beatles*?"

„Weil jemand John Lennon erschossen hat."

„Was meinst du damit?“

„Na, wer erschießt schon John Lennon?“

„Ich weiß nicht, wer das war.“

„So habe ich das nicht gemeint.“

„Wie dann?“

„Was ist mit dir los, Chef? Du wirkst so....“

„Wie wirke ich?“

„Keine Ahnung, als wenn du keinen Plan mehr hast.“

„Du würdest genau so sein, Solus, wenn du dir den ganzen Kram von diesem Adventisten angehört haben würdest.“

„Was für ein Adventist?“

„Du kennst Adventisten nicht?“

„Ist das jetzt eine Bildungslücke?“

„Das ist der Typ da hinten, der die ganze Zeit redet.“

„Der da in dem Anzug und Hemd und Krawatte?“

„Ja, genau der.“

„Ich finde den gut.“, sagte Solus.

Lu schaute irritiert.

„Wie meinste das?", fragte Lu.

„Das ist ein genialer Komiker. Gute Idee von dir, Chef, einen Comedian in die Hölle zu holen."

„Äh, Solus."

„Was, Chef?"

„Das ist kein Komiker, der meint das ernst."

„Der meint das ernst?"

„Der meint das ernst."

„Chef?"

„Was?"

„Ich habe das untrügliche Gefühl, dass es richtig war, die Guillotine mitzunehmen."

„Ich übergebe diesen adventistischen Komiker in deine Obhut, Dämon erster Klasse."

„Danke, Chef. Endlich darf ich mal wieder quälen."

„Aber treibe es nicht zu dolle, Solus."

„Wieso?"

„Sonst holt dich der schwarze Mann."

„Was für ein schwarzer Mann?"

„Na der, vor dem alle Angst haben."

„Chef?"

„Was?“

„Ich bin ein Dämon, schon vergessen?“

4

Da trat Solus zu dem schimpfenden Adventisten.

„Tagchen, wie geht es denn so?“, fragte Solus.

„Du bist nicht Luzifer.“

„Nein, ich bin ein Dämon erster Klasse. Mein Name ist Solus.“

„Solus? Noch nie gehört.“

„Und wie heißt du?“

„Am Ende der Tage wird Gott dich mit Feuer und Schwefel vernichten, Dämon!“

„Meinetwegen. Okay, du hast jetzt die Wahl, entweder du kommst freiwillig mit, oder ich stopfe dich in die Zwangsjacke, oder ich enthaupte dich mit der Guillotine.“

„Mich kannst du nicht schrecken, Dämon! Jesus ist mit mir!“

„Dann bekommst du eins auf die Rübe.“, sagte Solus und holte mit seinem rechten Arm aus.

„Warte!“, sagte der Adventist.

„Was ist? Musst du vorher noch auf 's Klo?“

„Wo ist dein Pentagramm?“

„Mein was?“

„Das Zeichen des Teufels. Wieso hast du es nicht an deinem Hals?“

„Moment, bitte.“, sagte Solus und ging zu Lu.

„Ich habe ein Problem.“, sagte Solus zu Lu.

„Ich weiß, den Adventisten.“

„Weißt du, was ein Pentagramm ist?“

„Ein was?“

„Ich soll das am Hals tragen und so.“

„So als Kette?“

„Nehme ich an.“

„Wir Bewohner der Unterwelt tragen keine Ketten.“

„Gut, ich sage ihm das.“

„Solus?“

„Ja, Chef?“

„Lass dich von diesem Adventisten nicht durcheinander bringen. Zur Not köpfe ihn.“

„Okay, Chef.“

Solus ging wieder zu dem Adventisten.

„Also, äh, wir tragen keine Ketten.", sagte Solus zu dem Adventisten.

„Keine Ketten?"

„Keine Ketten."

„Dann seid ihr ja Gott näher, als ich dachte."

„Wieso?"

„Ein rechter Adventist trägt keinen Schmuck. Ich denke, ihr seid dann rechte Adventisten."

„Tut mir leid, wir sind linke Dämonen."

„Was? Ihr seid kommunistische Dämonen?"

„Nein, links im Sinne von arschlöchig."

„Das ist aber ein böses Wort."

„Links oder arschlöchig?"

„Letzteres. Ich wollte es nicht aussprechen."

„Und jetzt?"

„Bitte Jesus ganz schnell um Vergebung."

„Wer ist Jesus?"

„Du kennst Jesus nicht?"

„Doch eigentlich schon, aber der ist doch ermordet worden."

Da öffnete sich die Fahrstuhltür, und ein paar Leute traten heraus. Hoch erhobenen Hauptes, wie es sich für Götter gehörte. Es waren Gott, Odin und Zeus. Und Buddha, Krishna und Cernunnos. Lu ging zu ihnen hin. Und noch einer war dabei, es war Hans Kremer.

„Was machst du denn hier?", fragte Lu Hans Kremer.

„Ich bin doch auch so etwas ein Gott oder nicht?", sagte Hans Kremer.

„Du bist ein Leichenwagenfahrer, Hans Kremer. Verschwinde wieder."

„Moment mal, ich bin ein Supremat!"

„Was kannst du vorweisen?"

„Unsereins hatte den Schulterstern des Orion erschaffen."

„Moment mal, wir befinden uns in der Hölle, nicht im Weltall. Raus hier!"

„Und was soll ich deiner Meinung nach jetzt machen?"

„Gehe deinem Beruf nach, fahre wieder Leichen."

„Und was ist, wenn ich dir sage, dass ich allmählich arbeitslos werde?"

„Wieso? Was ist denn?“

„Da fragst du noch, Herr aller Unterwelten?“

Lu Teufel schaute irritiert.

„Äh, ich kann dir jetzt nicht so ganz folgen, Hans.“, sagte Lu.

„Du bist an allem Schuld!“

„Ich?“

„Ja, seitdem du Psychotherapie in deinem Reich machst, geht gar nichts mehr!“

„Wieso? Was ist denn?“

„Die Leute sterben nicht mehr!! Hast du mich jetzt verstanden, du Penner mit zu viel Hörnern auf deinem Kopf?!“

„Ich kann dir gerade nicht so ganz folgen.“

„Das kann ich verstehen, du bist ja auch dumm!“

„Moment mal!“

„Halt die Klappe!“

„Bist du sauer?“

„Ich bin stinke sauer!“

„Meinetwegen, aber vergiss nicht, ich bin der Teufel.“

„Und ich habe einen Leichenwagen!"

„Okay, ich bin still."

Hans Kremer atmete tief durch. Dann erklärte er.

„Ich will dir ja auch nichts, Teufel, aber die Leute sterben, kommen in die Hölle, machen Psychotherapie bei dir und kommen wie umgewandelt wieder zurück."

„Zurück?"

„Ist hier ein Echo?"

„'Tschuldigung. Rede weiter."

„Na ja, man könnte dann meinen, irgendwann sterben sie wieder."

„Wäre logisch."

„Aber Pustekuchen!"

„Was ist denn das?"

„Das ist so ein Kuchen, denn kann man weg pusten. Oder es ist ein Kuchen mit brennenden Kerzen darauf, die man auspusten kann."

„Verstehe, Pustekuchen."

„Sei mal leise, du bringst mich ganz durcheinander."

„Ich bin still."

„Okay. Die von dir therapierten Leuten sterben nicht!“

„Ach ja.“

„Leise sein!“

„Sorry.“

Hans Kremer musste noch mal tief durch atmen.

„Ich..., ich...“

Hans Kremer war den Tränen nahe. Lu sah das und gab ihm ein Taschentuch.

„Danke, Teufel.“, sagte Hans und nahm das Taschentuch.

„Du kannst *Lu* zu mir sagen.“

„Danke, Lu.“

„Gerne.“

Hans Kremer schniefte laut hörbar in das Taschentuch. Da kam Josef Goebbels hinzu.

„Geht es wieder los?“, fragte Goebbels.

„Nein, da hat nur einer geschnieft.“, sagte Lu.

„Hat sich aber wie eine Achtacht angehört.“

„Josef?“

„Ja, Herr aller Unterwelten?“

„Gehe wieder an deine Arbeit.“

„Jawohl, mein Füh..., äh Herr aller Unterwelten.“, sagte Goebbels und ging wieder.

„Wer war das?“, fragte Hans Kremer.

„Das war Josef Goebbels.“

„Noch nie gehört. Egal.“

Hans Kremer schniefte wieder in sein Taschentuch. Da kam Rommel.

„Ich habe hier eine Achtacht gehört. Geht es wieder los?“, fragte Rommel.

Lu guckte.

„Rommel, gehe auf dein Zimmer!“, befahl Lu.

„Ich habe ja nur gefragt.“, sagte Rommel und verschwand wieder.

„Ich bin am Ende.“, sagte dann Hans Kremer zu Lu.

„Am Ende? Oh, sorry, ich darf ja nichts sagen.“

„Ich hatte es schon mit einer Pistole versucht.“

„Du hast versucht, dich umzubringen?“

„Nein. Ich hatte versucht, die von dir therapierten Leute zu töten.“

„Du bist aber böse!“

„Nein, die Leute sind böse!“

„Wieso denn das?“

„Die sterben nicht!“

„Oh.“

„Ja, *oh*! Und alles nur wegen deiner Therapie!“

Lu Teufel schaute betroffen.

„Verstehst du mich jetzt, Lu?!“, fragte Hans.

„Die sterben nicht?“, fragte Lu kleinlaut.

„Nein, die sterben nicht! Ich hatte es dann auch mit einer Panzerfaust versucht! Verstehst du jetzt, warum ich sauer auf dich bin?!“

„Also, du versuchtest die Leute umzubringen, klappte nicht, die blieben am Leben, und du konntest die nicht weg karren.“

„Du hast es erfasst!“

„Und dein Job als Leichenwagenfahrer geht flöten?“

„Ich verhungere!!“

„Dann werde doch Krankenwagenfahrer.“

„Krankenwagenfahrer?“

„Ja, ich sagte *Krankenwagenfahrer*.“

„Hm, klingt interessant. Überlege ich mir, danke für den Tipp."

„Ist immer schön, jemandem geholfen zu haben."

„Dann bis später, Lu."

„Ja, bis später. Nimm den anderen Aufzug, sonst kommst du noch in den Himmel."

Hans Kremer guckte, dann lachte er und nahm den anderen Aufzug.

„Schön, wieder jemanden glücklich gemacht zu haben.", sagte Lu zu sich.

5

Da wandte sich Lu Teufel an die eingetroffenen Götter. Er hieß sie willkommen und wies ihnen ihre Zimmer zu. Gott sollte mit Cernunnos auf ein Zimmer. Gott beschwerte sich.

„Das ist ein heidnischer Gott!", sagte Gott, „Außerdem sieht er dir recht ähnlich, Lu!"

„Du meinst wegen der Hörner?"

„Ich meine das wegen der Hörner!"

„Magst du mich nicht mehr, Gott?", fragte Lu.

Gott guckte, er schien nachzudenken.

„Was ist, Gott?“, fragte Lu.

„Ich weiß nicht, möglicherweise sind das psychische Altlasten, die ich noch in mir trage.“

„Oder schleppst du die Altlasten in dir mit dir 'rum?“

Gott guckte ratlos.

„Ich weiß nicht, Lu.“

„Wenn du das nicht weißt, dann bist du hier bei mir genau richtig. Wir gehen zusammen den Dingen auf den Grund.“

Gott guckte Luzifer an.

„Du bist so nett und so freundlich, Luzifer.“, sagte Gott.

„Sage das nicht so laut, Gott, ich bin schließlich der Teufel.“, grinste Lu.

Da fing Gott an zu lachen. Und er hörte erst mal nicht damit auf. Irgendwie war das ansteckend, und die anderen Götter fingen auch an zu lachen. Obwohl niemand von ihnen wusste, worum es ging. Da erschien wieder Josef Goebbels.

„Was ist denn hier los?“, fragte Goebbels.

„Die lachen.“, sagte Lu.

„Wie verwerflich! Psychotherapie ist eine ernste Sache. Lu, mache das bitte den Neuankömmlingen klar."

„Und was ist, wenn ich sage, dass ich der Grund für dieses Lachfest bin?", fragte Lu.

„Aber, mein Führ..., äh, mein Teufel! Das kannst du doch nicht machen! Du hast doch selbst gesagt, Psychotherapie ist wie die Hölle!"

„Stimmt auch wieder, man sollte bei einer Psychotherapie in der Hölle nicht lachen. Danke, für die Zurechtweisung, Dr. Goebbels.", sagte Lu.

„Sehr gerne, mein Teufel. Wir dürfen das Ziel nicht aus den Augen verlieren. Ich bin sehr glücklich darüber, dem Herrn aller Unterwelten eine Zurechtweisung erteilt gedurft, äh, erteilt gehabt..."

„Ich weiß, was du meinst, mein Pförtner."

„Vielen Dank, mein Teufel."

„Bist du sicher, dass du schon kuriert bist, Dr. Goebbels."

„Aber hallo, ich bin dein bester Pförtner."

„Das stimmt, du machst deine Arbeit sehr ordentlich und sehr gewissenhaft."

„Will ich doch meinen. Und wie ich immer für dich werbe."

„Ach, du meinst diese Versammlungen?“

„Genau.“

„Ja, ja, das machst du richtig gut, Josef.“

„Danke, mein Führ..., äh, mein Teufel.“

„Aber ich möchte dich um etwas bitten, Dr. Josef Goebbels.“

„Wieso betonst du jetzt so meinen Namen?“

„Das hat was mit meiner Bitte zu tun.“

„Und die wäre?“

„Frage die Leute der Versammlungen bitte nicht mehr, ob sie die totale Psychotherapie wollen.“

„Wieso? Du hast guten Zulauf.“

„Ja, ich weiß. Und ich weiß das auch zu schätzen. Aber...“

„Bei allem Respekt, mein Teufel, ich habe fest gestellt, es gibt hier in der Hölle ein paar Weicheier, die einer rechten Psychotherapie aus dem Weg gehen.“

„Wie meinst du das?“

„Na ja, die gehen nicht ans Eingemachte, die vermeiden die Konfrontation mit ihren Gefühlen.“

„Das machen die wirklich?“

„Ja, mein Teufel."

„Man sollte ihnen den Hosenboden versohlen."

Goebbels guckte irritiert.

„Aber mein Teufel, das wäre doch Gewaltanwendung."

„Das hast du richtig fest gestellt, Josef. Manchmal geht es eben nur mit Gewalt."

„Das meinst du doch jetzt nicht im Ernst, mein Teufel?"

„Alle, die nicht der erlösenden und wohltuenden Psychotherapie in der Hölle Folge leisten, gehören verhauen."

„Aber, mein Füh..., äh, mein Teufel."

„Warte, ich habe gerade eine Idee. Man sollte für diese Unfolgsamen ein Ghetto errichten oder sagen wir ein KZ."

„Ghetto? KZ?"

„Bist du schwerhörig, Josef?"

„Eigentlich nicht, aber ich bin etwas durcheinander."

„Durcheinander? Und das wagst du mir ins Gesicht zu sagen?"

Dr. Josef Goebbels wurde in seinem Inneren ganz klein.

„Es tut mir sehr leid, oh mein Teufel. Ich werde heute noch mit dem Bau eines KZs beginnen."

„Na, das will ich doch hoffen! Und ich will nie mehr so ein Weicheizeug hören!"

„Aber natürlich nicht, oh mein Teufel."

„Und wehe, du versorgst die Leute in dem KZ nicht richtig!"

„Was?"

„Du sollst du Leute in dem KZ anständig versorgen!"

„Versorgen? Womit denn?"

„Mit Essen und Trinken! Es soll ihnen an nichts fehlen!"

„Moment mal, ich glaube, du hast das Prinzip des KZs nicht verstanden, Teufel."

„Du wagst es, meine Anweisung zu hinterfragen?"

„Nur so ein bisschen."

„Wenn du der nicht folgst, mache ich dich einen Kopf kürzer."

„Aber, mein Führer!"

„Da haben wir es."

„Was haben wir?"

„Du siehst in mir *Adolf Hitler* und nicht den Teufel."

„Was habe ich denn gesagt?"

„Du hast *mein Führer* gesagt."

„Jetzt echt?"

„Ja."

„Oh. Tut mir leid."

„Braucht dir nicht leid zu tun, Josef. Aber wir haben da etwas, woran wir arbeiten müssen."

Da begann der einstige Propagandaminister zu weinen. Er heulte Rotz und Wasser. Lu Teufel nahm ihn in den Arm.

„Wir kriegen das schon hin, Josef.", sagte tröstend Lu.

„Weißte was, Lu?", fragte Josef.

„Was denn?"

„Manchmal weiß ich nicht, ob du der Teufel bist oder Jesus Christus."

„Die Frage ist leicht zu beantworten."

„Ja?"

„Jesus Christus wurde vor 2000 Jahren hingerichtet. Also, was bleibt dann noch übrig?“

„Klingt logisch.“

„Hier, ein Taschentuch.“

„Danke, Lu.“

6

Josef ging wieder in sein Pförtnerhäuschen und Lu nach Hause zu seiner Hel.

„Na, wie war dein Tag?“, fragte Hel.

„Ich habe eine neue Selbsthilfegruppe.“, sagte Lu.

„Ah, wieder neue Diebe und Verbrecher und Vergewaltiger?“

„Ne, dieses Mal sind es ein paar Götter.“

„Götter?“

„Ja. Was gibt es denn zu essen?“

„Ich habe Lasagne gemacht.“

„Oh, du bist ein Schatz! Ich liebe Lasagne!“

„Die ist aber vegetarisch.“

„Nichts dagegen.“

„Ist mit Gemüse.“

„Wundervoll!“

Hel guckte Lu an.

„Was ist?“, fragte Lu.

„Du musst an deinem Image arbeiten, Geliebter.“

„Wieso?“

„Keine Sau glaubt dir mehr, dass du der Teufel bist.“

„Wieso?“

„Ein Teufel, der Vegetarier ist?“

„Ich esse keine Vegetarier.“

„Du bist aber ein Vegetarier.“

„Ist das verwerflich?“

„Es ist in jedem Fall kostengünstiger. Da wir ja jetzt von Sozialhilfe leben.“

„Mir ist der Appetit an Fleisch vergangen.“

„Ja, weil du jetzt die Menschen liebst.“

„Der Sohn Gottes ist ermordet worden, da muss doch jemand diese Aufgabe übernehmen.“

„Liebst du mich auch noch, Lu?“

„Wir machen gleich Sex.“

„Ich meinte das anders.“

„Die Liebe zwischen einem gefallenen Engel und einer unzeitgemäßen Göttin kann nur aus Sex bestehen.“

„Das meinst du doch nicht im Ernst?“

Da schaute Lu Hel durchdringend an. Hel war irritiert.

„Du bringst mich ganz durcheinander, Lu.“, säuselte Hel.

„Das ist die Aufgabe des Teufels.“

„Moment, bevor wir es in unserer Sozialwohnung miteinander treiben, weswegen liebst du mich?“

„Wegen deiner Lasagne.“

„Wegen meiner Lasagne?“

„Liebe geht durch den Magen. So fangt ihr euch doch eure Männer.“

„Scheiße, da haben wir uns Weiber wohl ein Eigentor geschossen.“

„Keine Bange, ich liebe dich auch wegen deiner Spaghetti Bolognese.“

„Weswegen noch?“

„Wegen deinem zarten und süßen Lächeln.“

„Jetzt wirst du aber subversiv.“

„Na, höre mal, wir wohnen in der Hölle."

„Machen wir jetzt endlich Sex?"

„Nein, wir essen erst die vegetarische Lasagne."

„Das ist ein Deal. Ich mache gerne mit dem Teufel einen Deal.", grinste Hel.

„Dann kommst du aber nicht in den Himmel."

„Apropos Himmel. Sollen wir mal am Wochenende einen Ausflug in den Himmel machen?"

„Gute Idee. Da wären wir allein."

„Wieso?"

„Na, Gott ist jetzt bei uns in der Hölle."

„Welcher Gott?"

„Es gibt doch nur einen."

„Hast du eine Ahnung, Lu. Es scheint, du bist nicht so gebildet."

„Ich lese viel."

„Aber das hast du wohl überlesen."

„Dazu sage ich jetzt nichts."

Hel schaute Lu irritiert an.

„Ich bin etwas irritiert."

„Das sehe ich."

„Woran?“

„An deinem Blick.“

„Mein Vater ist auch ein Gott.“

„Ich weiß.“

Hel schaute Lu an.

„Weißt du etwas, was ich nicht weiß?“, fragte sie schließlich.

„Reihenfolge: Lasagne, Sex, pennen, Erklärung.“

„Ich will aber jetzt die Erklärung!“

„Nö.“

„Du Sadist!“

„Ich bin der Teufel, schon vergessen?“

„Na gut. Ich bin mit der Reihenfolge einverstanden, aber es gibt keinen Sex.“

„Ich werde es überleben.“

„Was?! Alle Männer würden jetzt kollabieren!“

„Wenn du es noch nicht wissen solltest, ich bin der Teufel.“

„Ich verstehe kein Wort.“

„Das bedeutet, ich verfüge über ein hervorragendes Quantum an Selbstbeherrschung.“

„Also, du könntest gleich nach der Lasagne friedlich schlafen, ohne an mich zu denken?“

„Ja.“

„Du Satan!“

„Holst du die Lasagne, oder soll ich sie holen?“

„Mist, die ist bestimmt verbrannt.“, sagte Hel und verschwand in der Küche.

Sie kam wieder mit der Lasagne und knallte sie auf den Tisch.

„Da. Ich hoffe, du magst es gerne durch.“, sagte Hel wütend.

„Sieht wundervoll aus, besonders das Schwarze.“

„Deine Ironie kannst du dir sparen, Luzifer!“

„Bist du sauer?“

„Keineswegs, oh Geliebter.“

„Gibt es noch einen Nachtisch?“

Da nahm Hel ihr Handtäschchen und verschwand. Und Lu Teufel holte sich bei der Pommesbude nebenan eine Pommes mit Mayonnaise.

„Du hast bei mir noch nie eine Pommes geholt, Luzifer.“, sagte der Pommesbudendämon, „Hast du Probleme?“

„Ich habe keine Probleme, meine Frau hat mich nur gerade verlassen."

„Okay, dann hast du Probleme."

„Ich komme damit klar."

„Nein, damit kommt kein Mann klar."

„Ich bin kein Mann, ich bin der Herr..."

„Ich weiß, der Herr aller Unterwelten."

Da kam ein Mann in weißem Gewand hinzu.

„Was kann ich für Sie tun?", fragte der Pommesbudendämon den Mann im weißen Gewand.

„Bitte eine Pommes spezial.", sagte der Mann in weißem Gewand.

„Kommt sofort."

„Ich habe gehört, mein Vater ist bei dir?", sagte der Mann im weißen Gewand.

„Ja, er will bei mir Therapie machen."

„Hat er auch nötig."

„Das sagst du?"

„Er hat ziemlich viel angerichtet in der letzten Zeit. Kreuzzüge, Inquisition, Hexenverbrennungen."

„Das stimmt."

„Ich finde es schön, dass du ihm helfen möchtest, Lu."

„Ich hatte mir vor einiger Zeit vorgenommen, allen verlorenen Seelen zu helfen, J."

„Du weißt, wer ich bin?"

„Denkst du, ich bin blöd?"

„Ganz bestimmt nicht."

„Außerdem sind wir Rivalen."

„Ich denke, das sind wir nicht mehr."

„Ja, seitdem ich aufgehört hatte, gebratenes Menschenfleisch zu essen."

„Jetzt isst du ihnen ihre Probleme weg."

„Hast du gut formuliert, J."

„Und deine Frau hat dich verlassen."

„Interessiert mich nicht, war sowieso eine Heidin."

„Bist du Christ?"

„Gott bewahre!"

„Was magst du an den Christen nicht?"

„Sie reden über dich, aber sie tun dich nicht."

„Ich weiß, was du meinst, Lu."

Da kamen auch schon die beiden Portionen Pommes.

„Guten Appetit, J.“, sagte Lu.

„Guten Appetit, Lu.“, sagte J.

Lu und J aßen ihre Pommes. Es war ein friedlicher Moment, selten anzutreffen in der Welt und im Himmel. Denn im Himmel herrschte Krieg.

7

„Sieht lecker aus, deine Pommes.“, sagte Lu.

„Ich habe noch Ketchup und Zwiebeln dabei. Kannste was davon nehmen.“, sagte J.

„Danke, J.“

„Gerne, Lu.“

Die beiden aßen weiterhin ihre Pommes und waren Freunde. Die Gemeinschaft der beiden bedeutete den einzigen Ort oder einer der wenigen Orte, an denen es Frieden gab. Dann ging J wieder, und er verabschiedete ich mit einer Umarmung von Lu. Da verließ auch Lu die Pommesbude und traf draußen vor der Tür Hel an. Sie schaute geknickt.

„Was ist, Liebchen?“, fragte Lu.

„Sag' nicht *Liebchen* zu mir.", sagte Hel, trat auf Lu zu und umarmte ihn.

Es war wieder alles in Ordnung. Dann lösten sie sich wieder voneinander.

„Woher wusstest du, dass ich in der Pommesbude war?", fragte Lu.

„Ich bin eine Göttin, schon vergessen? Außerdem war das hier mal mein Reich."

„Stimmt, ich werde wohl alt. Muss für dich ein doofes Gefühl sein, dein Reich an einen Engel abgetreten zu haben."

„Du bist ein gefallener Engel, Lu. Schon vergessen?"

„Ja, das habe ich wirklich vergessen."

„Hast du Alzheimer?"

„Weiß nicht, habe ich vergessen."

„Lass die blöden Scherze."

„Jawohl, meine Göttin."

„So ist es recht. Und jetzt sage mir bitte die Erklärung."

„Neugierig biste wohl nicht oder was?"

Hel grinste Lu an.

„Na gut. Ich habe viel gelesen."

„Sagtest du schon mal.“

„Tut mir leid, ich habe vergessen, dass ich Alzheimer habe.“

„Boah, du mit deinen Scherzen!“

„Ich habe noch nie Scherze gemacht, ich fange jetzt erst damit an.“

„Na, das kann ja heiter werden.“

„Okay, also.“

„Ich bin ganz Ohr.“

„Nein, du bist ganz süß.“

„Und du willst mich unbedingt?“

„Aber höllisch. Aber nicht jetzt, jetzt kommt die Erklärung.“

„Ich sage auch nichts mehr.“

„Du hast jetzt aber was gesagt.“

„Erzähl' schon.“

„Ich hatte heraus gefunden, dass die Götter und alle die, die mit dabei sind, wie Riesen, Zwerge, Titanen und so, dass das im Grunde nur personifizierte Naturphänomene und personifizierte Mechanismen der menschlichen Psyche und personifizierte Gedanken des Menschen sind.“

„Das war es schon?“

„Und dass es darüber noch einen unbenennbaren Gott gibt."

„Okay. Und das soll der eine Gott sein?"

„Genau."

„Woher weißt du das?"

„Ich hatte eben mit dessen Sohn eine Pommes gegessen."

Hel schaute Lu an. Da kollabierte sie vor Lachen.

„Kollabierst du gerade, Schatz?", fragte Lu.

Hel hielt sich den Bauch.

„Wieso hälst du deinen Bauch, mein Schatz? Droht er, herunter zu fallen?"

Hel hielt in ihrem Lachen inne, schaute Lu an und lachte weiterhin. Jedoch nun noch intensiver.

„Musst du auf die geschlossene Station, meine Göttin?", fragte Lu mit einer leichtsinnigen Leichtigkeit.

Hel lachte noch mehr. Lu wartete geduldig, und er sagte nichts mehr, denn er wollte nicht, dass seine Göttin wirklich kollabiert.

8

Am Abend des nächsten Tages begann die Selbsthilfegruppe für Götter. Anwesend waren Lu, Gott, Odin, Zeus, Buddha, Krishna und Cernunnos. Lu moderierte die Gruppe.

„Ich begrüße euch recht herzlich in dieser neu gegründeten Gruppe. Ich bin Lu Teufel und leite die Gruppe für die ersten drei Male. Wir machen es in der Regel so, dass sich jeder vorstellt und sagt, was er von der Gruppe erwartet. Wir gehen dabei reihum vor, aber da ihr alle Götter seid, weiß ich jetzt ehrlich gesagt nicht, wer der erste sein will."

„Ich bin natürlich der erste.", sagte Odin.

„Schön, dass sich einer meldet.", sagte Lu.

„Ich bin der Allvater Odin, ich bin der oberste der Götter.", sagte Odin.

„Wie interessant.", sagte Lu.

„Bezweifelst du das, Lu Teufel?", fragte drohend Odin.

„Tut mir leid, ich bin der Teufel, ich kann mir so ziemlich alles erlauben."

„Dann wirst du Thor zu spüren bekommen."

„Ein Tor, durch das man hindurch gehen kann?"

„Du verarschst mich, Lu Teufel!“

„Das hast du auch verdient, Odin.“

„Moment mal, das ist doch eine Selbsthilfegruppe oder nicht?“, fragte Odin.

„Ja, richtig.“, sagte Lu.

„Dann sollte es doch hier sachlich zugehen oder nicht?“

„Du hast es endlich erfasst, Odin.“

„Was willst du damit sagen, du christlicher Engel?“

„Ich bin kein christlicher Engel!“

„Ah, da liegt doch der Hase im Pfeffer! Du hast ein Problem mit deinem Gott!“

„Nicht mehr.“

„Wie? Nicht mehr?“

„Kennst du nicht die Bedeutung von *nicht mehr*?“

„Du regst mich auf, du Christ!“

„Tut mir leid, ich bin kein Christ.“

„Doch, du bist ein Christ!“

„Nein, Christen führen Kreuzzüge, töten Ketzer und verbrennen Hexen. Ich bin kein Christ!“

„Bist du dann ein Heide?“

„Meine Frau ist eine Heidin.“

„Und wer ist das?“

„Wieso weißt du das nicht, Odin? Du bist doch ein Gott.“

„Du hast deine Zunge gut im Griff, Engel.“

„Ich bin schließlich der Chef hier.“

Odin guckte, ihm fiel nichts mehr ein.

„So, der nächste, bitte.“, sagte Lu.

Zeus war dran. Der sagte erst mal nichts.

„Man kann auch weiter geben, man muss nichts sagen.“, erklärte Lu.

„Äh, ehrlich gesagt, bin ich etwas irritiert.“, sagte Zeus dann.

„Vielleicht stellst du dich erst mal vor.“

„Äh, na gut. Ich bin Zeus, ich bin der oberste der Götter oder sagen wir, das hatte ich bis jetzt gedacht.“

„Das irritiert dich?“

„Na ja, mein ganzes Leben lang hatte ich gedacht, dass das so ist. Aber dann kommt so ein Hinz und Kunz und behauptet, er sei der oberste der Götter.“, sagte Zeus mit Blick auf Odin.

„Was meinst du mit Hinz und Kunz?“, fragte Odin Zeus.

„Na, dich, du Jammerlappen.“, sagte Zeus.

„Pass auf, Freundchen, du kannst gleich derbe eine übergezogen bekommen!“, sagte Odin.

„Ich muss hier mal kurz eingreifen.“, sagte Lu, „Für die Arbeit in Selbsthilfegruppen gibt es Regeln. Eine davon lautet: *wer sich kloppt, fliegt raus.*“

„Schade.“, sagte Zeus, „Ich wollte gerade den Halunken mit einem Blitz durchbohren.“

„Und weil es so schön ist, eine weitere Regel ist, man darf nicht beleidigen.“

„Und wenn man doch beleidigt?“, fragte Zeus.

„Dann musst du die Gruppenregeln 100mal abschreiben.“

„Das ist einfach.“, lachte Zeus.

„Und zwar in Hieroglyphen.“, ergänzte Lu.

„Ups.“

Zeus sagte nichts mehr.

„Vielleicht sagst du noch wo du herkommst, Zeus?“

„Ne, sage ich nicht.“

„Musst du ja nicht. Aber vielleicht sagst du uns den Grund, warum du das nicht sagen möchtest?“

„Na gut, ich sage es. Aber dann muss dieser Odin das auch sagen.“

„Stimmt, das hatten wir eben unterschlagen.“, sagte Lu, „Wirst du das noch machen, Odin?“

„Ja, ist in Ordnung.“, sagte Odin.

„Okay, ich komme aus Griechenland und zwar wohne ich auf einem Berg, der heißt Olymp.“

„Danke, Zeus. Magst du noch den Grund sagen, warum du das erst nicht sagen wolltest?“

„Ja, ich sage es, auch wenn es mir schwer fällt.“

„Nur Mut, Zeus.“, sagte Lu.

„Weißt du, ich komme mir so provinziell, so regional vor.“

„Warum?“

„Na ja, weil mein Regierungsbezirk nur auf Griechenland beschränkt ist.“

„Das ist doch schon mal was.“, sagte Lu.

„Ja, auf jeden Fall. Aber eingangs sagte ich, ich bin der oberste der Götter.“

„Und das nagt jetzt an dir.“

„Ja!“

„Das verstehe ich."

„Das bezweifle ich."

„Wieso?"

„Du bist der Herr der Hölle, dein Herrschaftsbereich ist viel größer als meiner."

„Soll ich dir was sagen, Zeus?"

„Was denn?"

„Ich bekomme Sozialhilfe."

„Jetzt echt?"

„Ja, hatten die kürzlich bewilligt."

„Das nenne ich Abstieg."

„Das macht aber nichts, ich bin sowieso schon ganz unten."

Zeus guckte, alle anderen Götter ebenso. Da begannen sie alle zu lachen. Und zwar herzhaft. Tränen schossen in ihre göttlichen Augen. Man lachte, und wenn Götter lachten, dann war das was. Und Lu lachte mit. Da klopfte es an der Tür. Und niemand hörte das, weil alle lachten. Und die Tür ging auf, und Solus erschien. Man bemerkte ihn, und das Lachen ebbte allmählich ab.

„Was gibt es, Solus?", fragte Lu.

„Könntet ihr vielleicht etwas leiser lachen?"

„Wieso?“, fragte Lu.

„Ich habe nebenan meine erste Sitzung der Selbsthilfegruppe für Adventisten.“

„Ach ja, stimmt. Und?“

„Die sind ja so was von ernst.“

„Die heißen alle Ernst?“

„Lu?“

„Ja?“

„Lass das, bitte.“

„Sorry.“

„Schon gut. Ich muss mich dermaßen konzentrieren, da kann ich Gelächter von nebenan wirklich nicht gebrauchen.“

„Verstehe, wir bemühen uns.“

„Danke, Lu.“

„Gerne. Aber ich möchte dich nach den Selbsthilfegruppen heute Abend noch sprechen.“

„Okay, Chef.“

Solus verschwand wieder.

„Wo waren wir stehen geblieben?“, fragte Lu.

„Wir lachten.“, sagte Zeus.

„Und danach?“, fragte Lu.

„Dann sollte Odin Auskunft darüber geben, woher er kommt."

„Stimmt. Also, wo kommst du her, Odin?", fragte Lu Odin.

„Ich komme aus Asgard.", sagte Odin.

„Wo liegt das denn?", fragte Zeus.

„Das willst du wohl wissen, du regionaler Typ?"

„Ja, das möchte ich gerne wissen, auch wenn ich aus der Provinz komme."

„Na gut. Midgard ist die Welt der Menschen, während Asgard die Welt der Götter ist. Asgard ist die Götterburg, dort wohne ich. Midgard und Asgard sind durch die Regenbrücke Bifröst verbunden."

„Ach ja?", fragte Zeus.

„Du wolltest es wissen, Zeus."

„Ich komme mir so dämlich vor. Ich wohne auf einem Berg, aber dann kommt einer, der kommt aus der Götterwelt."

Odin schaute zu Zeus. Er sah, dass sich sein Kollege minderwertig fühlte.

„Was ist, Kumpel?", fragte Odin.

„Ich wohne auf einem popeligen Berg, und du wohnst in der Götterwelt."

„Tut mir auch echt leid."

„Dabei hatte ich mir auf die griechische Kultur so viel eingebildet."

„Die Griechen sind ja auch klasse, aber wir Germanen sind viel besser."

„Was?"

„War ein Scherz."

„Das soll ich dir glauben?"

„Von wem haben wir Mitteleuropäer das logische Denken? Von den Griechen. Von wem haben wir die Theorien über das Staatswesen, respektive die Demokratie? Von den Griechen. Welche Philosophie ist weltberühmt? Die der Griechen."

Zeus guckte.

„Du bist sehr freundlich, Odin.", sagte Zeus.

„Ach, ich habe nur ein wenig Weisheit gewonnen, dafür habe ich ein Auge weniger."

„Oh, das tut mir leid."

Lu bemerkte, dass Zeus und Odin begannen, sich zu mögen.

„Ich möchte vorschlagen, dass wir jetzt weiter reihum gehen.“, hakte Lu ein.

Zeus und Odin waren einverstanden. Buddha war an der Reihe. Der schlief. Krishna, der neben ihm saß, stupste Buddha an. Der rührte sich nicht, sondern schlief den Schlaf des ewigen Friedens.

„Solch' einen friedvollen Schlaf möchte ich mal haben.“, sagte Zeus.

„Wer mit Blitzen schleudert, hat anscheinend nicht so viel Frieden.“, meinte Odin.

„Da sagste was, Odin. Ich sollte das vielleicht mal lassen.“, sagte Zeus.

Niemand sagte was, auch Lu nicht. Er gähnte. Dann gähnte Gott, auch Krishna gähnte, Buddha schnarchte.

„Hey, Jungs, wollen wir einen trinken gehen?“, fragte Cernunnos Odin und Zeus.

„Die Gruppe ist noch nicht vorbei.“, sagte Lu.

„Aber der dicke Typ da pennt.“, meinte Cernunnos, „Außerdem bist du auch müde, Lu.“

„Ich weiß auch nicht, Buddha ist so anregend.“, meinte Lu.

„Anregend zu was?“

„Ja, zum schlafen.“

„Dann gehe doch in die Heia."

„Na gut, hiermit beende ich offiziell die erste Gruppensitzung. Nächste Woche treffen wir uns wieder. Will noch jemand was sagen?"

„Wo kann man hier gut einen trinken gehen?", fragte Cernunnos.

„In unserer Bar, aber Alkohol haben wir nicht."

„Was? Keinen Met?", fragte entgeistert Odin.

„Habt ihr wenigstens Wein?", fragte Zeus.

„Wir haben noch nicht mal Bier. Ihr könnt Tee haben oder einen Milchshake oder einen Kakao."

„Ich denke, das hier ist die Hölle!", sagte Odin.

„Für Säufer, wie ihr es seid, ist das wirklich die Hölle.", sagte Lu.

9

„Aber ich habe etwas anderes für euch, dass euch Spaß machen könnte.“, sagte Lu.

„Und was?“, fragte Cernunnos.

„Geht mal nach nebenan, da ist die Selbsthilfegruppe für Adventisten, die glauben nur an einen Gott.“

„Wir können doch da nicht einfach rein platzen.“, meinte Odin.

„Soll ich mitkommen?“, fragte Gott.

„Warum nicht? Bringt die mal richtig durcheinander.“, sagte Lu.

„Aber das ist doch böse.“, meinte Zeus.

„Ich bin der Teufel. Mein Job ist es, alles und jeden durcheinander zu bringen.“, sagte Lu.

„Vor dir muss man sich in Acht nehmen.“, sagte Odin.

„Ist alles halb so wild, ich bin eigentlich ganz nett.“, entgegnete Lu.

„Wie kommt es dann, dass ich dir nicht so ganz traue?“

„Das liegt an meinen Hörnern.“, sagte Lu.

„Moment mal, ich habe auch Hörner.“, wandte Cernunnos ein.

„Das ist böse.“, sagte Lu.

„Hä, dass ich Hörner habe, ist böse?“

„Ja.“

„Ziegen haben auch Hörner, ist das böse?“

„Aber ja.“

„Lu?“

„Was?“

„Gehe ins Bett, du redest Blödsinn.“

„Echt?“

„Ja, schlafe dich mal aus.“

„Ausschlafen? Morgens um 5.45 Uhr ruft mich Hitler an und fragt, ob er zurück schießen soll! Und das jeden Morgen!“

„Oh, verstehe. Das ist anstrengend.“, sagte Cernunnos, „Wer ist eigentlich Hitler?“

„So ein Österreicher.“

„Verstehe. Der geht wohl gerne auf die Jagd?“

„Ja, er hat schon 55 Millionen Trophäen gesammelt, obwohl er selbst keinen einzigen Schuss auf die Opfer abgegeben hat.“

„Hä, und wie das?“

„Er hatte einfach nur dummes Zeug geredet.“

„Geredet?“

„Ja, einfach nur geredet.“

„Oh.“

„Ja, *oh*. Jetzt macht er Therapie bei mir.“

„Bringt die was?“

„Ja, er ist sehr freundlich geworden und hat einen Juden zum Freund gewonnen. Aber mit morgens um 5.45 Uhr, das muss ich ihm noch abgewöhnen.“

„Klingt nach einem Trauma.“

„Ich denke eher, das ist eine Zwangsstörung.“

„Und wie therapiert man das?“

„Kann man fast gar nicht therapieren. Eine Zwangsstörung ist schon beinahe eine untherapierbare psychische Erkrankung, man spricht auch von einer schweren Störung.“

„Klingt nicht gut.“

„Ist eigentlich auch nicht gut, weil mir das auf die Nerven geht. Aber das war es schon. Er schickt keine Panzer mehr in den Krieg und spricht nicht mehr von Durchhalteparolen. Das hat sich alles gebessert, nur das allmorgendliche Anrufen. Als wenn ich um 5.45 Uhr aufstehen soll."

„Wann stehst du dann sonst auf?"

„Um 12.45 Uhr."

„Ist das nicht ein bisschen spät?"

„Kritisierst du meinen Lebenswandel?"

„Na hör' mal, du bist hier der Chef, also musst du auch zeitig auf der Matte stehen."

„Was für eine Matte? Ich wohne in einer Sozialwohnung."

„Und von so was soll ich mich therapieren lassen?"

„Nein, du sollst den Christengott trösten. Deswegen hatte ich diese Selbsthilfegruppe gegründet."

„Wieso? Was hat der denn?"

„Das bringen wir das nächste Mal zur Sprache. Und jetzt, Jungs, geht einen trinken. Und weil ihr es seid, besorge ich Met, Bier und Wein."

10

Der Aufzug traf ein. Die Tür öffnete sich, der zuständige Dämon guckte.

„Was ist denn das?“, fragte der Dämon.

„Das ist die Lieferung.“, sagte ein dicker Typ.

„Was ist in den Kartons und in den Fässern?“

„In den Kartons befinden sich Flaschen mit Flüssigkeit, in den Fässern befindet sich ebenso Flüssigkeit.“

„Sollen diese Flüssigkeiten therapiert werden?“

„Nein, sie sollen eingenommen werden.“

„Also eine Medizin?“

„Kann man so sagen.“

„Für wen ist diese Medizin?“

„Ich soll diesen Kram hier einfach nur abliefern.“

„Das ist kein Kram, das ist Medizin!“

„Okay, ich soll diese Medizin abliefern.“

„So ist es recht.“

„Bitte noch unterschreiben, dass Sie diese Medizin erhalten haben.“

Der Dämon unterschrieb, der Dicke fuhr die Palette mit der Ware aus dem Aufzug. Dann verschwand der Zulieferer wieder im Aufzug und fuhr nach oben. Und der Dämon hatte die Palette vor sich. Eine Stunde später lag der zuständige Dämon besoffen auf dem Boden. Ein Fass Bier war leer. Lu Teufel kam des Weges. Er sah den auf dem Boden liegenden Dämon, und alles stank nach Alkohol. Aber gekotzt hatte der Dämon nicht, er war schließlich ein Dämon.

„Was geht hier vor?", fragte der Herr aller Unterwelten.

„Eheeeaaaaaheeeaaaa.", antwortete der besoffene Dämon.

„Interessant. Bist du deiner dämonischen Sprache verlustig geworden?"

„Aeeehaeeeeeeeee.", antwortete der Dämon.

„Benötigst du Therapie?"

„Nein, ich brauche nur ganz viel Schlaf."

„Wie kommt es, dass du dich in so einem merkwürdigen Zustand befindest?"

„Ich hatte von der frisch eingetroffenen Medizin genippt."

„Genippt?"

„Bist du auch deiner Sprache verlustig geworden, ehrwürdiger und hochrangiger und viel zu gütiger Herrscher aller Unterwelten?"

„Wieso?"

„Es hat den Anschein, dass dir die Semantik des Wortes *genippt* abhanden gekommen ist."

„Wieso sprichst du eigentlich so hoch gestochen, Dämon dritter Klasse?"

„Ich bin besoffen."

„Willst du ein Dämon dritter Klasse bleiben?"

„Nein, ich möchte ein Dämon zweiter Klasse werden."

„Kennst du den Begriff *sehr weite Entfernung*, Dämon dritter Klasse?"

„Ich glaube, dieser Begriff ist im Moment sehr weit entfernt von mir."

„Ich denke, es ist noch Weiteres sehr weit entfernt von dir."

„Zum Beispiel?"

„Die zweite Klasse."

„Oh, ich glaube, ich verstehe jetzt den Begriff *sehr weite Entfernung*."

„Sehr gut. Und gehe bitte etwas sparsamer mit dem Verb *glauben* um."

„Wieso?"

„Wir befinden uns in der Hölle. Glauben gibt es nur im Himmel."

„Ich glaube, ich verstehe dich, Herr aller Unterwelten. Sind deine Hörner echt?"

„Ich glaube, ich sollte dich verprügeln, Dämon dritter Klasse."

„Bitte nicht noch mal. Letzte Woche war das schon schlimm genug gewesen."

„Inwiefern?"

„Na, wenn ich überall blaue Flecken auf meiner schönen roten Haut habe, dann glaubt mir keine Dämonmieze, dass ich ein Dämon bin."

„Du beschäftigst dich mit Dämonmiezen, Dämon dritter Klasse?"

„Könntest du vielleicht mal aufhören, immer *Dämon dritter Klasse* zu sagen?"

„Stört dich daran was, Dämon dritter Klasse?"

„Ich komme mir dann so drittklassig vor."

„Du bist ja auch drittklassig."

„Ich bin aber erstklassig."

„Was deinen Alkoholpegel betrifft, in jedem Fall."

„Da geht aber noch mehr."

„Das glaube ich dir auf 's Wort."

„Höre ich da das Wort *glaube* aus deinem Satz heraus?"

„Tut mir auch leid, aber ich hatte in letzter Zeit mit Bewohnern des Himmels zu tun."

„Was ist denn das schon wieder?"

„Sie nennen sich Götter."

„Und was soll das sein?"

„Du entsprichst voll dem Stand eines Dämons dritter Klasse."

„Ich bezweifle, dass das ein Kompliment sein soll."

„Lies Bücher, dann könntest du es zu einem Dämon der zweieinhalbten Klasse schaffen."

„Ich bezweifle, dass es diese Klasse gibt."

„Du zweifelst zu viel, so wirst du es nicht in den Himmel schaffen."

„Und du?"

„Ich habe einen Fahrstuhl."

„Fühlst dich wohl privilegiert oder was?"

„Ich bin der Herr aller Unterwelten, ich bin privilegiert."

„Du bist ein Blödmann."

„Das ist richtig. Gehe und schlafe deinen Rausch aus, Dämon."

„Du hast nicht *Dämon dritter Klasse* gesagt."

„Ich mag dich halt."

„Du weißt schon noch, wo wir uns befinden, Herr aller Unterwelten?"

„Ich bin mir dessen im Moment nicht so sicher. Ich habe Dimensionsschwierigkeiten. Ich leite eine Selbsthilfegruppe, der nur Götter angehören, und kürzlich war ich noch im Himmel."

„Wie kam es zu dem Abstieg?"

„Sozialhilfe."

„Okay, ich gehe meinen Rausch ausschlafen."

11

Der besoffene Dämon dritter Klasse stand auf und ging. Lu nahm die Palette und trug sie in seine Wohnung.

„Was ist das?“, fragte Hel.

„Das ist die für die Götter bestellte Medizin.“, sagte Lu.

„Seit wann brauchen Götter Medizin?“

„Seitdem ich sie therapiere.“

Hel besah sich die Kartons und die Fässer und entnahm eine Flasche.

„Das steht *Met* drauf.“, sagte Hel.

„Ich weiß.“, sagte Lu.

„Das ist doch keine Medizin, das ist Honigwein.“

„Ich wollte den Gepflogenheiten dieses einen Gottes etwas entgegen kommen.“

„Wieso kein Antidepressivum?“

„Met ist ein wunderbares Antidepressivum, es erzeugt im menschlichen Körper Dopamin.“

„Was ist denn das schon wieder?“

„Ein Glückshormon.“

„Klingt interessant.“, sagte Hel.

Dann öffnete sie die Flasche, setzte sie an und trank aus ihr. Lu guckte. Hel setzte nicht ab, sie trank weiter. Lu guckte ebenso weiterhin. Dann war die Flasche leer. Hel setzte ab. Lu guckte. Hel grinste.

„Wie geht es dir, Hel?“

„Das ist eine gute Idee mit dem Dopamin.“, grinste Hel.

„Wirkt es schon?“

„Ich fühle mich so anders.“

„Hast du etwa noch nie Alkohol getrunken?“

„Ich dachte, es geht um Dopamin?“

Da klingelte es. Lu ging zur Tür und öffnete. Da standen ein paar Menschen im Gang.

„Was kann ich für euch tun?“, fragte Lu.

„Wir sind Katholiken, wir sollen hier therapiert werden.“, sagte einer der Katholiken.

„Ach ja, wundervoll. Kommt mit, ich zeige euch eure Zimmer.“

„Kleinen Moment, bitte.“, sagte der eine Katholik.

„Ja, bitte?“

„Sie sind wirklich der Teufel?“

„Das ist nur mein Nachname."

„Wie heißen Sie denn?"

„Du kannst *du* sagen."

„Okay, wie heißt du denn?"

„Lu Teufel."

„Ach so, ich dachte schon, Sie..., äh, du bist der Teufel."

„Wer sagt das denn?"

„Na, Gott. Er hatte uns gesagt, wir sollen in die Hölle, und der Teufel soll uns therapieren. Da wir anständige Katholiken sind, haben wir natürlich auf Gottes Wort gehört."

„Seid ihr Erzkatholiken?"

„Nein, wir sind Altkatholiken."

„So alt seht ihr aber nicht aus."

„Vielen Dank."

„Was bedeutet denn jetzt *Altkatholik*?"

„Na ja, wir leben unseren Glauben so, wie es die Urchristen gemacht hatten."

„Kamen die aus der Steinzeit?"

„Ne, die Steinzeit war früher."

„Ach ja."

„Was bedeutet denn *Lu*?“

„Das ist meine Vorname.“

„Das weiß ich mittlerweile. Aber was bedeutet der?“

„Du willst es aber genau wissen.“

„Ich bin neugierig.“

„Du lässt dich auf was Neues ein?“

„Na klar.“

Lu guckte.

„Hm, na gut, *Lu* ist die Abkürzung von *Luzifer*. Und die...“, sagte Lu.

„Ah, das bedeutet *Lichtträger*.“

„Du bist gut informiert.“

„Ich bin zwar Katholik, aber nicht blöd.“

„Wie heißt du eigentlich?“

„Hans Küng.“

„Noch nie gehört.“

„Ich bin Professor und Priester, aber man hatte mir die Lehrerlaubnis entzogen.“

„Ach, wie das?“

„Ich kritisierte.“

„Was hast du kritisiert?“

„Dass die Kirche meint, sie sei unfehlbar.“

„Du hast dich gegen die Kirche gestellt?“

„Ja.“

Lu guckte.

„Du hast Mut, Professor!“, sagte Lu Teufel.

„Danke dir, Lichtträger.“

„Nenne mich *Lu*.“

„Okay, ich bin *Hans*.“

Die beiden lächelten sich an.

„Klatsch ein, Kumpel.“, sagte Lu und hielt seine rechte Hand hoch.

Der Professor klatschte ein. Die beiden waren Freunde geworden.

„Aber jetzt frage ich mich, wieso ihr hier seid?“, sagte Lu.

„Wir sollen Psychotherapie machen.“

„Ich habe eher das Gefühl, dass ihr mir helfen könnt. Wie ist das mit deinen Kollegen?“

„Inwiefern?“

„Wie denken die?“

„So wie ich.“

„Jetzt frage ich mich, wieso Gott euch zu mir geschickt hat."

„Vielleicht wollte er dir helfen?", meinte Hans.

„Dieser Schlawiner.", sagte Lu und grinste.

„Gott ist groß, und wir wissen nicht, was er vorhat. Er überrascht uns immer wieder.", sagte Hans.

„Das kannste singen.", sagte Lu.

„Soll ich jetzt singen?", fragte Hans und schaute Lu an.

Lu schaute zurück, und dann lachten beide. Und die Kollegen ebenso. Da kam Hel an die Tür.

„Was ist denn hier los?", fragte Hel.

„Das sind die angekündigten Katholiken.", sagte Lu.

„Und wieso lacht ihr?"

„Hans hat einen Witz gemacht.", sagte Lu.

„Wer ist Hans?"

„Er hier.", sagte Lu und wies auf den Professor.

„Sie sind ein Hans?", fragte Hel den Professor.

„Ja, ich bin ein Hanswurst.", sagte Hans.

Hel guckte. Dann brach es aus ihr hervor, und sie lachte ebenso. Dann ebbte das Lachen ab.

„Ich möchte euch noch gerne meine Kollegen vorstellen.“, sagte Hans Küng.

„Okay.“, sagte Lu.

„Das hier ist Meister Eckhart, und das ist Giordano Bruno.“

„Herzlich willkommen Eckhart, herzlich willkommen Giordano.“, sagte Lu und begrüßte die beiden mit Handschlag.

„Und wer ist der vierte im Bunde?“, fragte Lu.

„Das ist schwierig.“

„Inwiefern?“

„Sie verhält sich wie ein Mann, ist aber eine Frau.“

„Ach ja?“

„Darf ich vorstellen? Jeanne d'Arc.“, sagte der Professor.

Der vierte nahm seine Kapuze ab, und Lu sah in das Gesicht einer jungen Frau.

„Ich hatte immer gedacht, der Teufel sei böse.“, sagte Jeanne.

„Es tut mir leid, deine Erwartungen nicht zu erfüllen. Ich habe mich geändert.“, sagte Lu.

„Interessant.“, lächelte Jeanne.

„Manchmal kommt es anders, als man denkt.“, lächelte Lu.

Hel sah das.

„Höre auf, so dämlich zu lächeln!“, beschwerte sich Hel.

„Ich darf doch mal eine Heilige anlächeln?“

„Ich bin die einzige Heilige, die du anlächeln darfst!“

„Du bist keine Heilige, du bist eine Göttin.“

„Wo sind unsere Zimmer?“, intervenierte der Professor.

„Ach ja, ich muss ein wenig umdisponieren, da es sich nicht um vier Männer, sondern um drei Männer und eine Frau handelt.“

„Ich hoffe, es gibt keine Probleme.“, sagte Hans.

„Nein, nein. Das kriege ich schon hin. Kein Problem. In der Hölle bekommt jede und jeder einen Platz.“

Man schaute sich an, und man brach wieder in schallendes Gelächter aus. Da kam der besoffene Dämon dritter Klasse daher.

„Ich will ja nicht meckern, aber ich bin gerade dabei, meinen Rausch auszuschlafen. Dieses Unterfangen wird durch euer ewiges Lachen vehement getrübt. Ich bitte, dass ihr wenigstens die Lautstärke ein wenig runter fahrt. Vielen Dank.“, sagte der besoffene Dämon dritter Klasse und ging wieder.

„Wer war das denn?“, fragte Jeanne.

„Das war ein Dämon dritter Klasse.“, sagte Lu.

„Wieso torkelt der denn so?“

„Er hatte von der Medizin der Götter genippt.“

12

„Es gibt keine Götter, es gibt doch nur einen Gott.“, sagte Jeanne, als Lu die vier Neuen zu ihren Zimmern führte.

„Hast du 'ne Ahnung, Jeanne. Gestern Abend hatte ich eine Selbsthilfegruppe für Götter.“, sagte Lu.

„Wird jetzt mein Glaube relativiert?“

„Es tut mit leid, aber hier in der Hölle ist alles ein wenig anders.“

„Oh.“

„Aber es gibt keinen Grund, sich Sorgen zu machen. Dein christlicher Gott ist auch hier.“

Jeanne hielt in ihrem Schritt inne. Erst nach ein paar Metern bemerkte das Lu. Er schaute sich um und sah Jeanne.

„Wo bleibst du, Jungfrau von Orléans?“, rief Lu.

„Gott ist hier?!“, rief sie.

„Ja, er ist hier!“

Jeanne kam angerannt.

„Darf ich ihn sehen?!“, fragte Jeanne ganz außer Atem, und das war nicht wegen der gelaufenen Meter.

„Ja, klar. Aber erst zeige ich dir dein Zimmer.“

„Ich will ihn sofort sehen!“

Lu sah, dass es ernst für Jeanne war.

„Na gut, wir können einen Abstecher zu ihm machen.“, sagte Lu.

„Wundervoll!!“

Jeanne strahlte. Man ging zu dem Zimmer von Gott und Cernunnos. Lu wollte gerade anklopfen, als er lautes Getöse von drinnen vernahm.

„Ouh, es scheint, dass es gerade ungünstig ist.“, meinte Lu.

„Wieso, was ist denn?“, fragte Jeanne.

„Es hat den Anschein, dass sich beide gerade streiten.“

„Wer ist denn noch da drinnen?“

„Cernunnos.“, sagte Lu.

„Der gehörnte, heidnische Gott?!“, fragte Jeanne entsetzt.

„Ja, ich habe die beiden auf ein Zimmer getan.“

„Wie kannst du nur, Teufel?! Meinen Gott mit einem heidnischen Gott auf ein Zimmer zu tun! Du bist wirklich der Satan!“

„Ja, klar bin ich der Satan. Das ist schließlich mein Job.“

„Dein Job?“

„Es ist zwar nur ein ein-Euro-Job, aber immerhin.“

„Was ist denn ein ein-Euro-Job?“

„Was Neuzeitliches. Ich gehe mal schauen.“

Lu Teufel klopfte an. Niemand sagte was. Dann öffnete Lu einfach die Tür und erhielt eine Ladung Kopfkissen direkt ins Gesicht.

„Oh, tut mir leid.“, sagte Cernunnos, „Das galt nicht dir.“

„Wem dann?“, fragte Lu.

„Dem Christengott.“

„Was macht ihr denn hier?“

„Wir machen nur eine Kissenschlacht.“, sagte Cernunnos.

„Eine was?“, fragte Lu.

„Kissenschlacht. Noch nie gehört?“

„Was ist denn eine Kissenschlacht?“

„Man pfeffert sich die Kissen um die Ohren.“, erklärte der keltische Gott Cernunnos.

„Von hier außen hatte es sich aber so angehört, als würdet ihr euch die Gedärme heraus reißen.“, sagte Lu.

„Ne, alles okay. Wir machen nur eine Kissenschlacht.“

„Und wieso beschimpft ihr euch dabei?“

„Wir lassen nur psychische Altlasten heraus.“

„Psychische Altlasten?“

„Ja, das tut so was von gut.“

„Und ihr seid sicher, dass ihr euch nicht umbringt?“

„Mit Kissen?“

„Man kann auch jemanden mit einem Kissen ersticken.“

Cernunnos horchte auf.

„Oh, gute Idee.“, sagte Cernunnos.

Dann wandte sich der keltische Gott an den Christengott.

„Höre mal, du Penner! Heute Nacht werde ich dich mit deinem Kissen ersticken!“, sagte Cernunnos.

„Ja? Kannste gerne versuchen! Selber Penner!“, sagte der Christengott.

Und schon flog ein Kissen in das Gesicht Cernunnos'. Der guckte.

„Warte, das zahle ich dir heim!“, rief der keltische Gott und nahm das Kissen und warf es zurück.

Die Kissenschlacht tobte weiter, und Lu sah es als das beste an, dieses Zimmer zu verlassen. Jeanne schaute völlig entsetzt.

„Das war doch nicht Gott?“, fragte Jeanne.

„Wen meinst du, Jeanne?“, fragte Lu.

„Wen ich meine? Natürlich den einen, der andere war doch kein Gott!“

„Das Zimmer wird aber nach meiner Liste von zwei Göttern bewohnt.“

„Deine Liste ist vom Teufel!“

„Natürlich ist sie das."

„Weiche von mir, Satanas!"

„Darf ich dir jetzt dein Zimmer zeigen?"

„Ich bleibe keine Minute länger in dieser Hölle!"

„Aber dein Gott hat dich hierher geschickt."

„Das kann nicht sein!"

„Du vertraust doch auf das Wort Gottes."

„Auf das Wort Gottes ja, aber nicht auf das Wort des Teufels!"

„Wie gesagt, es war dein Gott, der dich zu mir geschickt hat."

„Das kann nicht sein, das kann nicht sein!"

„Wir haben auch Zwangsjacken.", bemerkte Lu.

„Was ist denn das?"

„Da lasse ich Klienten rein stopfen, die ausrasten."

„Raste ich aus?"

„So ein bisschen schon."

„Oh Gott, wieso prüfst du mich so?", begann Jeanne zu beten.

„Du brauchst nicht beten. Du kannst ihn persönlich fragen. Er ist gleich hinter dieser Tür.“, sagte Lu.

„Aber er macht eine Kissenschlacht.“

„Das ist jetzt nicht wirklich mein Problem.“

Angriffslustig wie Jeanne nun mal war, öffnete sie die Tür. Und schon hatte sie ein Kissen im Gesicht. Es war von ihrem Gott gekommen. Jeanne war sauer.

„Wie kannst du es wagen, mir ein Kissen ins Gesicht zu werfen, Gott?!“, fragte Jeanne erbost ihren Gott.

„Nimm das Kissen und werfe es mir ins Gesicht, Jeanne!“, forderte Gott sie auf.

„Was? Ich will Buße tun!“

„Jetzt?“

„Ja!“

„Ist aber im Moment ungünstig, ich mache gerade eine Kissenschlacht mit meinem besten Freund.“

„Mit deinem besten Freund? Das ist ein heidnischer Gott!“

„Ich darf doch spielen mit wem ich will?“

„Du bist der Christen Gott, du hast nichts mit den Heiden!“

„Machst du mir Vorschriften, Heißblütige?“

„Ich will nur Buße tun!“

„Auf Teufel komm' raus?“

„Erinnere mich nicht daran.“

„Was meinst du mit Buße?“

„Ich will beichten. Gibt es hier einen Beichtstuhl?“

„Was ist denn ein Beichtstuhl?“

„Du weißt nicht, was ein Beichtstuhl ist, Gott?“

„Natürlich weiß ich, was ein Beichtstuhl ist, ich bin schließlich Gott. Aber man benötigt dafür, wenn man seine Sünden bekennt, keinen Beichtstuhl.“

„Ich bin das aber so gewohnt, ich möchte auf der Stelle einen Beichtstuhl!“

„Ich verstehe jetzt, warum du den Engländern das Fürchten lehren konntest, Jeanne.“

„Aber das wusstest du doch, du hattest mich doch geschickt.“

„Stimmt auch wieder.“

„Bist du durcheinander, Gott?“

„Nein, ja, ja, nein, jein, äh...."

„Du bist durcheinander."

Gott schaute ganz betroffen. Jeanne sah das.

„Was ist denn, Gott?"

„Ich habe ein Problem."

„Okay. Und welches?"

„Man..., man hat meinen Sohn ermordet."

„Du meinst Jesus Christus?"

„Ja."

Gott kämpfte mit den Tränen.

„Aber er ist doch der, der uns alle errettet! Du wolltest das doch so!"

„Was?", fragte Gott zaghaft und erhob seinen Blick, in dem man Augen vorfinden konnte, die von Tränen durchnässt waren.

„Das war doch dein Plan!", insistierte Jeanne.

„Was?"

„Dein Plan!"

Da begann Gott zu weinen. Es war, als öffneten sich alle Pforten des Himmels. Gott war unermesslich traurig und weinte.

„Aber Gott!!", sagte Jeanne scharf.

Sturzbäche schossen aus Gottes Augen.

„Jetzt mach' mal halblang!“, sagte Jeanne.

Gott machte halblang, er beruhigte sich.

„Ich wusste schon, warum ich ein Mannweib in die Schlacht gegen die Engländer geschickt hatte.“, sagte Gott.

„Was soll das denn wieder heißen?“

„Du hattest deine Aufgabe sehr gut erfüllt, aber du hast ein Fingerspitzengefühl wie ein Hammer.“

Aber da weinte Gott wieder.

„Jetzt reiße dich mal zusammen und flenne nicht wie ein kleines Kind!“

Das gefiel Gott nicht, er wurde sauer.

„Kleines Kind? Du weißt schon, dass den Kindern die Welt gehört?“, sagte Gott leise.

„Wieso sprichst du so leise, Gott?“, fragte Jeanne irritiert.

„Damit du mich besser verstehst, Jeanne.“

„Ups.“

„Denkst du, nur weil ich allmächtig und allwissend und allgegenwärtig bin, dass ich keine Gefühle habe?“

Jeanne war neuerdings irritiert. Sie sagte nichts.

„Meinst du, mir hatte es, nur weil das mein Plan war, nichts ausgemacht, meinen Sohn sterben zu sehen, Jeanne?"

„Aber bei allem Respekt, lieber Gott.", begann Jeanne, „Du wusstest doch, dass er wieder aufersteht."

„Natürlich wusste ich das. Aber schaue dir das mal an, wenn dein Kind ermordet wird!"

Jeanne sagte nichts, sie sah Gott nur an. Da begann es, dass Tränen Jeannes Wangen herunter liefen. Jetzt weinte sie.

„Na, fallen ein paar Altlasten von dir herab?", fragte Gott.

„Ich weiß es nicht, ich glaube, ich brauche Psychotherapie."

„Deswegen hatte ich dich hier hin geschickt, Jeanne."

„Was stimmt denn mit mir nicht?"

„Du bist noch zu sehr katholisch."

„Katholisch?"

„Ja. Beichtstuhl und so."

„Aber das ist doch von dir verordnet."

„Nein, nicht von mir, sondern von der Kirche."

„Aber du bist doch die Kirche.“

„Ganz bestimmt nicht.“

Jeanne fiel die Kinnlade herunter.

„Nicht?“, fragte Jeanne nach.

„Nicht.“

„Aber...“

„Fällt jetzt dein Glaubensgebäude zusammen, Jeanne?“

„Du bist doch die Kirche!“

„Nein.“, sagte Gott bestimmt.

„Aber, das verstehe ich nicht.“

„Die Kirche macht nur Blödsinn.“

„Das meinst du doch jetzt nicht im Ernst?“

„Siehst du mich lachen?“

Jeanne guckte nur.

„Wenn man zum Kreuzzug ins heilige Land aufruft, dann ist das nicht von mir. Wenn man Sachsen zwangsbekehrt, dann ist das nicht von mir. Wenn man sogenannte Hexen verbrennt, dann ist das nicht von mir. Wenn man in meinem Namen foltert und tötet, dann ist das nicht von mir.“, sagte Gott.

„Ich bin etwas verwirrt, ich kenne mich in diesen Dingen nicht so aus.“

„Aber du willst einen Beichtstuhl.“

Da kam ein Mann den Gang entlang. Er trug einen Hammer und einen Helm auf dem Kopf.

„Kann ich euch helfen?“, fragte der Mann ins Zimmer hinein.

„Was willst du denn?“, fragte Jeanne.

„Ich hatte einige Fetzen von eurem Gespräch mitbekommen und dachte mir, da braucht jemand Hilfe.“, sagte der Mann.

„Ich brauche keine Hilfe, ich habe meinen Gott!“, sagte Jeanne, aber im nächsten Moment war sie sich nicht mehr so sicher.

„Du scheinst verwirrt, edle Frau.“, sagte der Mann.

„Ich bin nur ein Bauernmädchen, ich bin keine edle Frau.“

„Was bedingt deinen Gram?“, fragte der Mann mit dem Hammer.

„Wieso redest du so geschwollen, Mann?“

„Ich bin kein Mann, ich bin ein Gott!“

„Das darf nicht wahr sein.“

„Ich bin der Gott Thor, und das ist mein Hammer Mjöllnir.“, sagte Thor selbstbewusst.

„Du bist ein Heide!“, klagte Jeanne den Gott an.

„Was ist denn bitteschön ein Heide?“

„Ja du, zum Beispiel.“

„Mit dieser Erklärung kann ich echt viel anfangen.“

„Sehr gut, dann bekenne dich jetzt zu dem Herrn.“

„Ich meinte das eher ironisch.“

„Ironie liegt mir nicht, ich haue eher drauf.“

„Tag, Kollegin.“, lächelte Thor.

„Hä?“

„Was meinst du wohl, was ich mit meinem Hammer mache?“

„Drauf hauen?“

„Du hast es erraten. Ich habe das Gefühl, wir sind so verschieden nicht.“

„Baggerst du mich gerade an?“

„Das weniger. Götter bitten eine Sterbliche weniger um ein Ehegelöbnis. Und wenn doch, dann kommt so ein Halbgott heraus, der immer zwischen zwei Welten pendelt. Das will ich unserem Kind nicht antun."

„Wir haben doch noch kein Kind."

„Das wollte ich gerade mit meiner Ausführung gesagt haben, dass ich kein Kind von dir will."

„Bin ich etwa hässlich?"

„Oh, holde Maid, mein Herz wird mir schwer, wenn ich dich leiden sehe."

„Ach ja, da war noch diese unbeantwortete Frage."

„Stelle sie."

„Wieso redest du so geschwollen?"

„Ich habe anscheinend was im Hals."

„Du hast einen geschwollenen Hals?"

„Nein, das war nur ein Scherz."

„Kannst du auch mal Ernst sein?"

„Tut mir leid, ich bin Thor."

„Ich meinte das anders."

„Na gut, um deine Frage zu beantworten. Ich komme aus der Welt der Germanen, da spricht man schon mal etwas dichterisch."

„Dichterisch?"

„Ja, Edda und so."

„Ist Edda deine Frau?"

„Moment, ich war noch nicht fertig."

„'Tschuldigung."

„Schon gut. Dann die Ernstfrage. Wenn mir Riesen begegnen, und die sind meistens nicht gut drauf, dann besteht haarscharf die Möglichkeit, dass ich sehr ernst werde, sogar auch wütend."

„Und dann?"

„Was denkst du?"

„Dann kriegen die eins drüber?"

„Du hasst es erfasst, holde Maid."

„Lass mich raten. Mit deinem Hammer?"

„Aber so was von."

„Und dann?"

„Dann ist der Riese platt."

„Wie eine Flunder?"

Thor schaute Jeanne an. Da konnte er sich nicht mehr halten und lachte, und zwar so, wie ein Gott eben lachte. Laut hörbar. Und zwar überall in der Hölle. Und die war recht groß. Da kam noch einer daher. Er sah Thor.

„Thor?", fragte der Hinzugekommene.

Thor guckte den Hinzugekommenen an.

„Loki?“, fragte Thor.

„Hallo, Bruder!“

Man umarmte sich. Dann lösten sich die beiden Götter voneinander.

„Was machst du denn in der Hölle?“, fragte Loki.

„Ich suche den Chef.“

„Odin?“

„Ja. Er ist nicht mehr in Asgard, und er hat noch nicht mal einen Zettel da gelassen.“

„Der Alte macht sowieso, was er will.“

„Weißt du zufällig, wo er ist, Bruder?“

„Keine Ahnung.“

Da half Gott.

„Wen sucht ihr noch mal?“, fragte Gott.

„Ich suche Odin.“, sagte Thor.

„Er ist hier in der Hölle.“, auskunftete Gott.

„Hier in der Hölle?“

„Ja. Ich habe ihn im Rahmen der Selbsthilfegruppe für Götter kennen gelernt.“

„Was für ein Rahmen?“

„Der Rahmen eines Bildes. Im Bild ist das Geschehen, der Rahmen hält alles zusammen.“

„Das ist interessant, was du sagst.“

„Vielen Dank.“

„Wer bist du?“

„Man nennt mich allgemein *Gott*. Aber dann gibt es noch so Namen wie Jahwe oder Adonai oder Elohim.“

„Sind aber schöne Namen.“

„Vielen Dank.“

„Ich bin der Gott Thor. Freut mich, dich kennen zu lernen.“, sagte Thor und reichte Gott die Hand.

„Freut mich auch, dich kennen zu lernen, Thor.“, sagte Gott und nahm die Hand Thors.

Man schüttelte sich die Hände und war Freunde.

„Wie macht sich denn Odin in der Selbsthilfegruppe?“, fragte Thor.

„Na ja, er hatte erst gedacht, er ist der Größte.“

„Typisch Odin. Weiter?“

„Dann aber entwickelte es ich so, dass Zeus und Odin begannen, sich zu mögen.“

„Kann ich da auch noch mitmachen?“

„Da musste den Chef fragen."

„Und wer ist das?"

„Er heißt Lu Teufel."

„Wo finde ich ihn?"

„Der steht da.", sagte Gott und wies auf Lu.

Thor schaute zu Lu.

„Du bist der Chef hier?", fragte Thor.

„Sozusagen. Ich heiße Lu Teufel und bin der Herr aller Unterwelten. Das ist mein Titel."

„Ich bin der Gott Thor und der Schützer der Götter."

„Keine Bange, ich tue den Göttern schon nichts."

„So hatte ich das nicht gemeint. Ich wollte fragen, ob ich bei der Selbsthilfegruppe für Götter mitmachen kann."

„Okay, du bist ein Gott. Das geht in Ordnung. Aber es geht um ein schwerwiegendes Problem."

„Um welches?"

„Na ja, es geht eigentlich um den Gott der Christen. Er hat ein Problem."

„Und welches?"

„Man hat seinen Sohn ermordet."

„Fürchterlich! Ich räche seinen Sohn!“

„Wird schwierig.“

„Wieso?“

„Die Mörder sind schon alle tot.“

„Aber das ist doch hier der Hölle?“

„Ja, das kann mal wohl sagen.“

„Dann sind die Mörder ganz bestimmt auch hier.“

„Darüber hatte ich noch nicht nach gedacht. Jetzt, wo du es sagst. Gute Idee.“

„Dann hole die mal her, die kriegen von mir eins drüber.“

„Gewalt ist keine Lösung, lieber Thor.“

„Und was sollen wir dann mit ihnen machen?“

„Therapie.“

„Was ist denn das?“

„Man redet miteinander, anschließend geht es einem besser.“

„Ouh, echt?“

„Ja, echt.“

„Na ja, sagen wir so, ich bevorzuge es, den ganzen Blödmännern eins auf die zwölf zu geben.“

„Was für 'ne zwölf?“

„Das sagt man so.“

„Ach so. Na gut. Kleinen Moment eben, ich muss noch was regeln.“, sagte Lu.

„Okay.“

Lu nahm sein Handy.

„Hier Solus?“

„Hier Lu. Höre mal, könntest du die angekommenen Katholiken zu ihren Zimmer führen, Solus?“

„Na klar, Chef.“

„Aber ich habe noch eine Bitte.“

„Und welche?“

„Es sind wohl Katholiken, aber lasse sie bitte in Ruhe, okay?“

„Was du da verlangst, Chef, das ist schier unmöglich.“

„Ich weiß das, ich verstehe dich, Solus. Aber versuche es bitte trotzdem.“

„Darf ich wenigstens ein Bein oder einen Arm aus ihnen heraus reißen?“

„Negativ, Solus.“

„Darf ich sie mit dem Bakterium der Pest infizieren?“

„Negativ, Solus.“

„Darf ich ihnen einen Knochenbruch zufügen?“

„Negativ, Solus.“

„Darf ich ihnen wenigstens ein Haar krümmen?“

„Es wird kein einziges Haar gekrümmt. Aber bei den Katholiken ist ein Mädchen dabei, bei der kannste versuchen, ihr ein Haar zu krümmen.“

„Wundervoll!“

„Kommst du dann jetzt?“

„Ja, bin unterwegs. Wo biste denn?“

„Bei dem Zimmer von Gott und Cernunnos.“

„Wunderbar! Endlich kann ich wieder quälen!“

„Aber du weißt schon, dass es noch die Quälsteuer gibt?“

„Kannste die nicht mal abschaffen, Chef?“

„Wieso? Das ist hier die Hölle, und wir müssen gucken, dass das Geld rein kommt.“

„Mittels Quälsteuer?“

„Wer wollte denn ein Bein oder einen Arm heraus reißen?“

„Fällt das schon unter die Quälsteuer?“

„Solus?“

„Was?“

„Beeile dich, die Katholiken wollen zu ihren Zimmern.“

„Weißte was, Chef?“

„Was denn?“

„Du hetzt mich, das ist ein Quälsteuertatbestand.“

„Soll ich dir dafür etwa Quälsteuer bezahlen?“

„Nein, aber du könntest mein Gehalt aufbessern.“

„Du weißt schon, dass ich nur Sozialhilfe bekomme?“

„Du arme Sau.“

„Endlich bemitleidigt mich mal jemand.“

„Ich habe dich nicht beleidigt, Chef.“

„Ich habe nicht *beleidigt* gesagt, sondern *bemitleidigt*.“

„Ach so, ich hatte *beleidigt* verstanden.“

„Gehe mal zum Ohrenarzt, Solus.“

„Ich bin ein 6000 Jahre alter Dämon, was erwartest du von mir?“

„Dass du gut hörst.“

„Mit 6000 Jahren auf dem Buckel?“

„Wann war dein letzter Check?“

„Vor ungefähr 500 Jahren.“

„Bei wem?“

„Paracelsus.“

„Und?“

„Alles okay.“

„Aber du weißt schon, dass wir jetzt im 21.Jahrhundert leben?“

„Was soll das denn schon wieder heißen?“

„Jährliche Kontrolle.“

„Jetzt echt?“

„Echt.“

„Aber dann schaffe ich doch meine Arbeit nicht, wenn ich ständig zum Arzt rennen muss.“

„Warst du schon mal bei einem Psychiater?“

„Wieso denn das?“

„Ich habe das Gefühl, du stehst kurz vor einem Burn-out.“

„Das kannst du nicht beurteilen, Chef, du bist doch bloß der Teufel."

„Na, höre mal! Wer gibt denn seit einiger Zeit Psychotherapie?"

„In der Hölle?"

„Wo denn sonst?"

„Gehe mal in den Himmel."

„Was soll ich denn da?"

„Ah ja, stimmt, die Götter sind ja alle bei dir."

„Nicht alle, aber einige. Apropos, du solltest doch gestern Abend noch zu mir kommen, Solus."

„Tut mir leid, Chef, aber ich konnte nicht mehr."

„Was war denn?"

„Ich war völlig platt."

„Wegen der Selbsthilfegruppe für Adventisten?"

„Ja, Chef."

„Deswegen wollte ich dich auch gestern Abend noch gesprochen haben."

„Ich schaffe das nicht, Chef."

„Ah, jetzt verstehe ich, warum du die Katholiken quälen wolltest."

„Ich bin ein gutherziger Dämon, aber was zu viel ist, ist zu viel."

„Was ist denn bei den Adventisten zu viel?"

„Die sind so theoretisch, so verkrampft, die verstehen überhaupt keinen Spaß. Und die kommen nicht aus sich raus."

„Bei allen Bemühungen deinerseits?"

„Bei allen Bemühungen meinerseits."

„Was für Bemühungen hattest du denn an den Tag gelegt?"

„Es war Abend, Chef."

„Was für Bemühungen hattest du denn an den Abend gelegt?"

Da kam Solus um die Ecke. Nach ein paar Metern war er bei Lu.

„Hi, Chef.", sagte Solus.

„Hi, Solus.", sagte Lu.

„Soll ich jetzt auflegen?", fragte Solus.

„Ja, das käme meiner Telefonrechnung zu Gute."

„Chef?"

„Was?"

„Du hast eine Handy-Flatrate, Chef."

„Woher weißt du das?“

„Ich hatte sie selbst eingerichtet.“

„Du hast das gemacht?“

„Aber ja, Chef.“

„Und wieso weiß ich davon nichts?“

„Jetzt werde bloß nicht dement, Chef.“

„Ich bin jetzt seit 6000 Jahren Chef der Hölle, da darf man...“

„Ne, du bist erst seit knapp 2000 Jahren Chef der Hölle, Chef.“

„Wieso das denn?“

„Da kam das Christentum, die hatten alles ein wenig verändert.“

„Was war denn vorher?“

„Die germanische Unterwelt Hel, schon vergessen?“

„So lange ist das schon her?“

„Wir sollten jetzt aber auflegen, Chef.“

„Wieso?“

„Wir verstehen uns auch so.“

„Biste sicher?“

„Du bist der Oberteufel, und ich bin einer deiner Unterteufel. Ich gehe davon aus, dass man sich unter Teufeln versteht."

„Klingt logisch. Warum bist du noch mal hier, Solus?"

„Anfangs war ich dazu da, verlorene Seelen zu quälen. Nun bin ich in die Realisation deiner Idee, Psychotherapie in der Hölle zu geben, tatkräftig mit eingebunden."

„Ich meinte das anders."

„Und wie?"

„Warum hatte ich dich gerufen?"

„Man sollte niemals einen Teufel rufen, schon gar nicht anrufen."

„Habe ich aber gemacht, komme ich jetzt in die Hölle?"

„In der bist du schon, Chef."

„Was für eine Hölle? Ich sehe keine, hier ist alles ausgebaut."

„Das hattest du veranlasst, Chef."

„Warum?"

„Chef?"

„Ja?"

„Du machst mir Angst.“

„Man kann einem Dämon keine Angst machen.“

„Ich habe jetzt wirklich Angst, aber nicht vor dem jüngsten Gericht.“

„Wovor dann?“

„Du solltest mal zum Neurologen gehen.“

„Wieso?“

„Ich spüre erste Anzeichen von Demenz.“

„Bei dir?“

„Nein, bei dir.“

„Ich kann nicht dement werden.“

„Wieso?“

„Gott will mich nach ursprünglichem Plan beim jüngsten Gericht dabei haben.“

„Wieso?“

„Weil er mich dann mit Feuer und Schwefel verbrennen möchte.“

„Chef?“

„Was?“

„Ich denke, du denkst noch in alten Verhaltensmustern.“

„Meinste?“

„Du solltest Therapie machen, Chef.“

„Meinste?“

„Mache dein Handy aus.“

„Meinste?“

„Chef?“

„Was?“

„Lass das.“

„Okay.“

Lu und Solus machten ihre Handys aus.

„Wo sind die Katholiken?“, fragte Solus.

„Was für Katholiken?“

„Chef?“

„Was?“

„Lass das.“

„Ist ja gut. Hier sind sie. Das Mädchen heißt Jeanne d'Arc.“

„Jeanne d'Arc?“

„Ja.“

„Sie ist hier?“

„Sie steht da vorne.“

„Jeanne d'Arc?“

„Wenn ich es doch sage.“

„Ich bin ein Fan von ihr!“, bekannte Solus.

„Du bist ein Fan von einer Heiligen? Schäme dich!“

„Chef?“

„Was?“

„Ich habe das Gefühl, du entwickelst dich zurück.“

„Ich habe irgendwie Appetit auf Menschenfleisch, knusprig gebraten.“

„Kommen jetzt alte Zeiten wieder?“

„Was für alte Zeiten? Ich fühle mich jung. Wir fangen mit den Katholiken hier an, die werden als erstes gegrillt.“

„Ich dachte, du wolltest etwas Gebratenes?“

„Ich besinne mich nur meiner Wurzeln.“

„Gebraten oder gegrillt?“

„Schwarzwurzeln bitte in heller Sauce, dazu Kartoffeln und ein halbes Hähnchen.“

„Das Hähnchen aus Mensch oder aus Tier?“

„Was dir vor die Flinte läuft.“

„Und was ist mit den Katholiken?“

„Die kommen auf ihr Zimmer.“

„Ich dachte schon, du meinst das alles Ernst, Chef.“

„Tiefkühlraum. Vorher schlachten und ausnehmen.“

„Aber Chef?“

„Was ist?“

„Du bist so anders.“

„Wie früher?“

„Ja, genau.“

„Ich besinne mich auf alte Traditionen.“

„Aber Chef!“

„Und wehe, du krümmst dem Mädchen ein einziges Haar, Solus!“

Solus guckte, er verstand kein Wort.

„Was war das denn jetzt, Chef?“

„Auch wenn es Katholiken sind, der Dämon bleibt in dir drin, klar?“

„Kein Bein ausreißen?“

„Du hast verstanden!“

„Ja, Chef.“, sagte Solus kleinlaut.

„Aber, was die Adventisten betrifft, das überlege ich mir noch."

„Ne, die will ich bestimmt nicht essen, so verkrampft, wie die sind."

„Schaffst du die nächste Sitzung der Selbsthilfegruppe für Adventisten, Solus?"

„Ich weiß es nicht, Chef."

„Male mit denen."

„Hatte ich schon angeboten. Kunst ist für die vom Teufel."

„Echt? Ich dachte, Kunst ist von Picasso."

„Das erkläre denen mal."

„Vielleicht brauchen die nur mal einen Einlauf, dann kommt alles raus."

„In denen ist doch nichts, die haben ein schwarzes Loch gefrühstückt."

„Und was ist mit dem einen Adventisten?"

„Dem Auffälligen?"

„Ja."

„Der ist noch auffälliger geworden. Wenn der unter seinesgleichen ist, das tut dem nicht gut."

„Dann separatisiere den doch von den anderen."

„Gute Idee. Und wohin soll er dann?“

„Ich weiß es nicht, aber ich habe eine Idee.“

„Hätte mich auch gewundert.“

„Was hätte dich gewundert?“

„Dass du keine Ideen mehr hast.“

„Wir richten eine Selbsthilfegruppe für Extremisten ein.“

„Für was?“

„Extremisten. Aber bringe erst mal die netten Katholiken hier auf ihre Zimmer, Solus.“

„Also nicht schlachten, ausnehmen und Tiefkühlraum?“

„Solus!“

„Ist ja gut, ich habe verstanden, Chef.“

„Du solltest mal Petersilie essen, Solus!“

„Was soll ich essen?“

„Ich wusste, dass du das nicht kennst.“

„Was ist denn Petersilie, Chef?“

„Grünzeug.“

„Willst du mich vergiften?“

„Mit Grünzeug kann man nicht vergiften.“

„Mich schon."

„Und wieso?"

„Das schmeckt nicht gut."

„Und Salat? Frisch angemacht mit Joghurtdressing?"

„Wir könnten darüber reden."

„Und Vollkornbrot?"

„Bah!"

„Und Vollkornbrot?"

„Wieso wiederholst du das, Chef?"

„Und Vollkornbrot?"

Solus guckte.

„Was ist, Solus? Warum guckst du so bescheuert?"

„Ich frage mich gerade allen Ernstes, ob du mich verarschen willst, Chef."

„Und Vollkornbrot?"

„Okay, du verarschst mich."

„Nein, ich verarsche dich nicht. Du solltest mehr Vollkornbrot essen, statt dieses weiße Toastbrot."

„Aber wieso?"

„Dann ist dein Stuhl besser, Solus."

„Was für ein Stuhl?"

„Na, der heilige Stuhl."

„Ich dachte immer, die sind aus Holz."

„In diesem Fall besteht der Stuhl aus Heiligkeit."

„Du meinst den Papst?"

„Nein, den Bischof von Rom."

„Das ist dasselbe."

Da kam ein Mann daher, er trug eine prächtige Kutte.

„Tagchen auch.", sagte der Mann in der Kutte.

„Hallo.", sagte Lu, „Was kann ich für Sie tun?"

„Ich wollte nur mal nach dem Rechten sehen."

„Bei uns ist alles im Lot."

„Schön zu hören."

„Wer sind Sie überhaupt?"

„Ich bin dein Arbeitgeber, Luzifer."

„Der Pontifex?"

„So ist es."

„Könntest du mich vielleicht mal aus der Sozialhilfe heraus holen?“

„Nein, das geht gar nicht, du bist viel zu nett geworden. Sei froh, dass wir dich noch dulden.“

„Wie heißt du denn jetzt? Innozenz, Johannes, Franziskus?“

„Wenn ich das wüsste.“

„Hast du ein Identifikationsproblem, Pontifex?“

„Ja, aber sage es keinem weiter.“

„Und was macht dein Stuhl?“

„Ich brauche Vollkornbrot.“

„Habt ihr keines in Italien?“

„Die haben nur weißes Brot.“

„Ich kann dir was geben.“

„Oh, das wäre echt nett.“

„Solus?“

„Ja, Chef?“

„Besorge mal dem Pontifex Vollkornbrot.“

„Du machst einen Deal mit dem heiligen Stuhl, Chef?“

„Der Mann braucht Vollkornbrot, die haben so was in Italien nicht.“

„Chef?“

„Was?“

„Das wird mir allmählich zu katholisch hier.“

„Wieso?“

„Erst soll ich Katholiken auf ihr Zimmer bringen, jetzt soll ich noch dem Pontifex Vollkornbrot holen.“

„Du kannst ja kündigen, Solus.“

„Hör' mal, ich bin ein Dämon, ich darf nicht kündigen.“

„Ach ja, stimmt. Machst du es bitte trotzdem?“

„Kündigen?“

„Nein. Zimmer und Vollkornbrot.“

„Wieso?“

„Weil die Macht mit dir ist.“

„Was für eine Macht?“

„Aus einem Film.“

„Die Macht aus einem Film ist mit mir?“

„Solus?“

„Was?“

„Du solltest mehr Filme gucken.“

„Chef?“

„Was?“

„Du solltest mehr Therapie machen.“

13

„Wie geht es dir, Lu?“, fragte der Psychiater.

„Nicht gut.“, sagte Lu.

„Was ist denn geschehen?“

„Ich bekomme Sozialhilfe, Doc.“

„Hattest du vor 500 Jahren auch schon bekommen.“

„So lang ist das schon her?“

„Hast du vergessen, dass man bei uns in der Hölle den von Menschen gemachten Zeitparameter nicht anwenden kann?“

Lu guckte. Er erinnerte sich.

„Ja, du hast Recht, Doc.“, sagte Lu.

„Aber es nagt in dir.“

„Ja, das tut es.“

„Was nagt noch in dir?“

„Woher weißt du das?“

„Ich bin dein persönlicher Psychiater, ich kenne dich schon seit Jahrtausenden, Lu."

„Na ja, ich therapiere gerade ein paar Götter."

„Jetzt im Moment?"

„Was?"

„Du hast gesagt: *ich therapiere gerade ein paar Götter*. Das betrifft den jetzigen Moment."

„Ups. Dann habe ich was Falsches gesagt. Tut mir leid."

„Du hast nichts Falsches gesagt, du hast es so gesagt, wie du es gerade fühltest."

„Hm, ja, habe ich wohl."

„Soll ich deine Medikation erhöhen, Lu?"

„Wieso?"

„War nur eine Frage."

„Ne, lass mal, Doc."

„Was bewegt dich, Lu?"

Da fing Lu Teufel an zu weinen. Geduldig schaute der Doc zu.

„Hier ein Taschentuch.", sagte der Doc und hielt Lu ein Papiertaschentuch hin.

„Danke, ich habe eine eigenes.", sagte Lu.

Das gefiel dem Doc, denn er sah, dass sich Lu noch um sich selbst kümmern konnte.

„Es ist nur so...“, begann Lu.

„Ja?“

„Ich bin eigentlich nicht berechtigt, das zu sagen, aber...“

Lu weinte wieder.

„Wieso bist du nicht berechtigt, das zu sagen, Lu?“

„Na ja, weil er eigentlich mein Gegenspieler ist.“

„Hä, ich verstehe kein Wort. Was für ein Gegenspieler?“

Lu schaute den Doc an, ohne Tränen.

„Manchmal weiß ich nicht, ob du ein recht ordinierter Dämon bist, Doc.“

„Wieso?“

„Du weißt doch, wer mein Gegenspieler ist, Doc.“

„Weißt du Lu, ich mache diesen Job schon seit keine Ahnung wie lang. Ich lese Bücher von Freud, von Jung, von Adler und so weiter. Ich studiere die Akten meiner Klienten. Worum ging es noch mal?“

„Um meinen Gegenspieler."

„Ach ja. Dein Gegenspieler ist zum Beispiel das System eines Diktators."

Lu guckte ungläubig. Der Doc fuhr fort.

„Oder zu wenig Vaterliebe oder Gewalt in der Familie."

Lus Augen wurden größer.

„Oder Terror, Selbstmordattentäter, Gewalt im allgemeinen Sinn."

Lu guckte immer noch.

„Das ist mein Gegenspieler?", fragte Lu.

„Nein, das *sind* deine Gegenspieler."

„Ich habe mehrere?"

„Aber hola!"

Lu dachte nach. Der Doc sah das.

„Ich habe den Eindruck, du bist verwirrt, Herr aller Unterwelten.", sagte der Doc.

„Und was ist mit Jesus Christus?"

„Jesus Christus?"

„Ja!"

„Mit dem stehst du doch auf *du*."

„Woher weißt du das, Doc?"

„Ich kenne zufällig den Pommesbudendämon."

„Du kennst den?"

„Ist mein Neffe."

„Ach ja?"

„Und jetzt? Was ist dein Problem, Herr aller Unterwelten?"

Da fing Lu wieder an zu weinen.

„Höre endlich auf zu flennen!", sagte der Doc.

„Was? Kannst du das nicht vertragen?", konterte Lu.

„Ich kann das schon vertragen, aber dir hilft es nicht."

„Und jetzt?", fragte Lu.

„Es hat gewirkt."

„Was hat gewirkt?"

„Du flennst nicht mehr."

„Stimmt auch wieder."

„Also, warum hast du geflennt? Und wehe, du flennst jetzt wieder!"

„Darf ich noch nicht mal heulen?"

„Doch, aber nur wenn es wirklich wichtig ist."

„Es ist wirklich wichtig!"

„Dann sprich.“

„Man hat den Sohn Gottes ermordet!“

„Von welchem Gott?“

„Doc?“

„Was?“

„Wie kannst du nur so abgebrüht sein?“

„Ich bin nicht abgebrüht, ich bin nur realistisch.“

„Inwiefern?“

„Wer macht denn hier die Selbsthilfegruppe für Götter?“

„Ja, ich!“

„Also, wessen Sohn ist ermordet worden?“

„Tut mir leid, ich bin wohl etwas durcheinander.“

„Das bemerke ich schon die ganze Zeit. Aber die ist jetzt abgelaufen. Bis nächste Woche.“

„Was?“

„Ich sagte: *bis nächste Woche*.“

„Aber...“

„Tschö, Lu.“

„Moment mal!“

„Du bekommst doch Sozialhilfe?“

„Ja.“

„Dann ist die Zeit jetzt um.“

„Du Arschloch!“

„Das ist jetzt wirklich der unpassende Moment, um Beleidigungen auszutauschen.“

„Du Giftzwerg!“

„Wende dich ans Sozialamt.“

„Von denen kriege ich doch nichts.“

„Dann überfalle eine Bank.“

„Schon wieder?“

„Ja ja, ich weiß. Du hast jetzt ein Gewissen, Herr aller Unterwelten. Aber du wirst schon sehen, dass du damit nicht weit kommst.“

„Weißte was, Doc?“

„Was?“

„Ich sollte dich therapieren.“

„Wieso?“

„Du erscheinst mir etwas merkwürdig.“

„Ich bin Psychiater, Lu.“

„Du solltest Therapie machen, Psychiater.“

„Ich habe hier die Therapiehoheit über dich, Herr aller Unterwelten."

„Weil ich sie dir eingeräumt habe. Aber das wird jetzt gecancelt."

„Ge-was?"

„Ist Englisch und bedeutet: *ist gestrichen*."

„Du willst meine Praxis anstreichen?"

„Ja, mit Farbe. Ist sowieso etwas trist hier."

„Wunderbar. Darf ich dich dann weiter therapieren?"

„Negativ."

„Ach, ich soll dann meine Praxis schwarz anstreichen?"

„Negativ."

„Sag' ich doch, negativ."

„Fühle dich als gefeuert, Psychiater."

„Das ist mir zu viel Farbe."

„Ich habe es gewusst."

„Dann haben wir uns nichts mehr zu sagen?"

„Der Moment des Abschieds."

„So lange hatte ich zu dir gestanden."

„Nicht wirklich."

„Du willst mich jetzt echt feuern?"

„Tschö, Doc."

„Du grausames Arschloch!"

„Du weißt schon noch, wer ich bin?"

„Der Herr aller Unterwelten, der sich irgendwie verändert hat."

„Entschuldige dich!"

„Für was?"

„Für die Beleidigung."

„Nö, ich bin ein Teufel, und das bleibt auch so."

„Schön, dass du deiner Linie treu bleibst. Aber hier unten in der Hölle befindest du dich in der falschen Fraktion."

„Ach, willst du mich jetzt in den Himmel schicken, wo ich auf der Stelle gegrillt werde?"

„Ja."

„Ouh! Das kam aber spontan."

„Gehe grillen, Doc, auf deine Kommentare habe ich keine Lust mehr."

„Oh, Mist, ich bin Ungnade gefallen.", sagte der Doc zu sich selbst.

Da klingelte es an der Praxistür.

„Wer ist denn das?“, fragte der Doc.

„Ich weiß das nicht, ich bin ja nicht der Doc.“, sagte Lu.

Der Doc ging zur Praxistür und öffnete diese. Da standen zwei Pater.

„Hallo.“, sagte der eine Pater in Mönchskutte.

„Hallo, was kann ich für Sie tun?“, fragte der Doc.

„Ist zufällig Gott hier?“

„Wer?“

Der Pater guckte irritiert.

„Sie sind doch ein Dämon?“

„Ja, das bin ich.“

„Und dann haben Sie von Gott keine Ahnung?“

„Ich wollte mich eigentlich jetzt nicht in die Dualität von Gut und Böse oder Gott und Dämonen einbinden lassen.“

„Wenn Sie ein Dämon sind, dann sind Sie eingebunden.“

„Ach ja. Ich bin aber Psychiater.“

„Das ist eine faule Ausrede.“

„Ich bin nicht faul.“

„Ist ja auch egal, wir wollten eigentlich nur wissen, ob Gott hier ist."

„Ich kann nur dazu so viel sagen, dass hier in der Hölle eine Selbsthilfegruppe für Götter betrieben wird."

„Die brauchen Hilfe?"

„Anscheinend, und die geben sie sich in der Gruppe."

„Okay. Ist Gott dabei?"

„Welchen Gott meinen Sie?"

„Es gibt nur einen Gott."

„Meines Wissens nach befinden sich aber mehrere Götter in dieser Selbsthilfegruppe."

„Ich wusste es, in der Hölle ist alles kompliziert.", sagte der Pater zu sich.

„Sie können gerne bei mir Therapie machen.", sagte der Doc.

„Was für eine Therapie?"

„Psychotherapie."

„Die ist aber vom Teufel."

„Das stimmt."

„Ich habe es immer gewusst, Leonardo, Psychotherapie ist vom Teufel.“, sagte der eine Pater zu dem anderen.

„Wie recht du hast, Francesco, aber wir hätten die Teufelsbeschwörung nicht machen sollen.“, sagte der andere Pater.

„Aber nur auf diesem Wege können wir heraus finden, ob Gott hier ist oder nicht, Leonardo.“

„Stimmt auch wieder. Ich hoffe, Gott vergibt uns.“

„Dafür müssen wir ihn erst finden.“

„Äh, wenn ich was sagen darf, ich habe den Leiter der Selbsthilfegruppe für Götter gerade hier.“, sagte der Doc.

„Oh, wunderbar. Darf ich ihn sprechen?“

„Aber natürlich, es ist der Teufel persönlich.“

„Das verkrafte ich schon, ich bin schließlich Katholik.“

„Kommen Sie doch herein. Möchten Sie vielleicht einen Tee?“

„In der Hölle gibt es Tee?“, fragte Francesco.

„Ja, wir haben den Lebensstandard ein wenig angehoben.“

„Wie zuvor kommend!“

„Nur weil wir Psychotherapie machen, heißt es noch lange nicht, dass wir böse gefallene Engel sind."

„Ach, habt ihr euch zum Glauben bekannt?"

„Der Chef hier bringt alles durcheinander."

„Wie soll ich das denn jetzt verstehen?"

„Na ja, er stellt alles auf den Kopf."

„Ist das jetzt bildlich gemeint?"

„Sozusagen. Bitte, treten Sie ein."

Leonardo und Francesco betraten die Praxis für Psychiatrie und Psychotherapie. Sie sahen Lu.

„Hallo.", sagte Francesco.

„Hallo.", sagte Lu.

„Hallo.", sagte Leonardo.

„Sie sind der Leiter der Selbsthilfegruppe für Götter?", fragte Franceso Lu.

„Ja, der bin ich."

„Und ich hörte, Sie sind der Teufel persönlich?"

„Ja, der bin ich."

„Okay, vom Outfit her passt es."

„Sehr freundlich, vielen Dank."

„Kleinen Moment noch, ich bereite gerade den Tee zu.“, sagte der Doc und verschwand in der Praxisküche.

Leonardo und Francesco setzten sich. Man schaute sich an und lächelte sich verkrampft zu.

„Ich bin etwas irritiert.“, sagte dann der Pater Francesco.

„Das tut mir sehr leid.“, sagte Lu, „Vielleicht kann ich Ihnen helfen?“

Pater Francesco war nun noch mehr irritiert.

„Sie möchten mir helfen?“, fragte Pater Francesco.

„Ja, das möchte ich.“

„Aber Sie sind doch der Teufel.“

„Und was soll ich Ihrer Meinung nach tun?“

„Na ja, in Versuchung führen und so.“

„Tut mir leid, ich was nicht, was das bedeutet.“

Pater Francesco schaute erstaunt.

„Aber Sie hatten das doch mal gewusst?“

„Was?“

„In Versuchung führen.“

„Hm.“

Lu überlegte.

„Ehrlich gesagt, ich kriege das nicht mehr auf die Reihe.“, sagte Lu dann.

Da kam der Doc mit dem Tee. Es war Vanilletee, er roch aromatisch.

„Das riecht ja wirklich wundervoll.“, sagte Pater Francesco.

„Es ist Vanilletee.“, erklärte der Doc und stellte das Tablett mit der Teekanne, den Tassen und dem Honig auf den Tisch.

Der Doc setzte sich dazu. Er goss den beiden Hochwürden ein, aber nicht Lu.

„Bekomme ich nichts?“, fragte Lu den Doc.

„Du bist hier der Chef, du kannst das schon selber.“, sagte der Doc.

„Vorsicht Freundchen, ich schicke dich gleich mit dem Pater Nosta nach oben, Doc!“

„Das wagst du nicht!“

Die beiden Pater bemerkten die dicke Luft zwischen Lu und dem Psychiater.

„Ich hoffe, es ist nicht ungelegen, dass wir hier sind?“, fragte Pater Francesco.

„Nein, nein, alles bestens.“, sagte Lu, „Sie können gleich diesen Dämon mitnehmen, damit er seine gerechte Strafe bekommt.“

„Wieso? Was hat er denn gemacht?“, fragte Francesco.

„Dass er ein Dämon ist, müsste für Sie doch schon ausreichen, Pater.“

„Das kann ich nicht entscheiden, das kann nur Gott. Apropos, was wir gerne wissen möchten. Befindet sich Gott in Ihrer Selbsthilfegruppe?“

„Ja, der ist bei mir.“

„Wundervoll! Endlich haben wir ihn gefunden!“

Francesco strahlte.

„Sie sind Katholik?“, fragte Lu.

„Das sieht man doch an meiner Kutte.“

„Stimmt auch wieder, ich wollte nicht unhöflich sein. Ich fragte nur deswegen, weil es den Anschein hat, dass Sie Gott lieben.“

„Ja, das tue ich.“

„Es tut mir leid, aber da sind Sie mit Sicherheit kein Katholik.“

„Wie meinen Sie das?“

„Weitere Frage.“

„Was kommt denn jetzt?“

Pater Francesco war irritiert.

„Würden Sie zu einem Kreuzzug aufrufen?“, fragte Lu.

„Nein, auf keinen Fall. In der Bibel steht: *du sollst nicht töten.*“

„Würden Sie sogenannte Hexen verbrennen?“

„Ich sagte schon, man darf nicht töten.“

„Würden Sie als Inquisitor ein Hochnot peinliches Verhör anordnen?“

„Was ist denn das?“

„Haben Sie sich nie mit Kirchengeschichte befasst?“

„Ich hatte in dem Fach immer eine 5.“

„Eine 5?“

„Wenn ich es doch sage.“

„Kennen Sie Franz von Assisi?“

„Ich bin Franziskaner.“

Lu Teufel schaute in die Augen von Pater Francesco. Der wich dem Blick nicht aus. Lu fand kein Falsch in den Augen des Paters.

„Wie heißen Sie?“

„Pater Francesco.“

„Pater Francesco, Sie sind kein Katholik.“

„Wie meinen Sie das?“

„Wissen Sie, Pater, ich beobachte die Menschen schon seit geraumer Zeit. Und ich habe festgestellt, dass die Christenheit eine Blutspur durch die Jahrhunderte gezogen hat. Man nennt diese sogenannten Christen Katholiken, zu denen gehören Sie nicht.“

Pater Francesco schaute Lu nachdenklich an.

„Ich bin froh, dass ich Ihnen begegnet bin, Teufel.“, sagte der Pater Francesco.

„Nennen Sie mich *Lu*, Pater.“

„Nennen Sie mich *Francesco*.“, sagte Pater Francesco.

„Du verbrüderst sich mit einem Katholiken?“, fragte der Doc Lu.

„Pass auf; Doc, ich schicke dich gleich mit ihm zu Gott.“, sagte Lu.

Der Doc sagte nichts mehr.

„So, da Sie Gott suchen, und er sich gerade bei mir in der Hölle aufhält, bringe ich Sie zu ihm.“, sagte Lu.

„Wundervoll!"

Francescos Augen leuchteten.

14

„Hallo, ich bin Hans. Ich bin ein Dämon vierter Klasse, ich mache gerade Praktikum. Ich bin noch relativ jung, und ich hatte mich bereit erklärt,..."

„Wie alt bist du, Hans?", fragte Yussuf.

„Ich bin gerade 18 Jahre alt geworden."

„Hole dir eine Jungfrau, die macht dich zum Mann, Hans."

„Ach ja, danke für den Tipp, Yussuf. Okay, also ich hatte mich bereit erklärt..."

„Aber sie muss vom Islam sein.", sagte Yussuf.

„Wer?"

„Die Jungfrau."

„Was ist denn ein Islam?"

„Das heißt nicht *ein Islam*, sondern *der Islam*."

„Okay, was ist denn der Islam?"

„Das ist die richtige Religion."

„Ach ja, gut zu wissen.", sagte Hans, Dämon vierter Klasse, ganz verlegen.

„Sei immer beim Islam und lies im Koran."

„Vielen Dank, Yussuf."

„Nicht vergessen."

„Ja, danke für den Tipp, Yussuf. Also, ich hatte mich bereit erklärt, diese..."

„Das klang jetzt aber nicht so, als würdest du das ernst nehmen, was ich gesagt habe, Hans."

„Was ernst nehmen?"

„Du hast meine Worte vergessen?"

„Äh, tut mir leid, ich wollte gerade die Selbsthilfegruppe beginnen."

„Du sollst hören, was ich sage!"

Schweigen. Hans schaute Yussuf an, Yussuf schaute Hans an. Achmed war diese Situation zu viel, und er aktivierte die Sprengladung, die er an seinem Körper hatte.

15

„Hans.“, sagte Lu.

Hans sagte nichts. Er hatte Angst.

„Wieso bist du hier bei mir?“, fragte Lu.

Hans sagte nichts.

„Wieso antwortest du nicht, Dämon vierter Klasse?“

„Ich habe Angst vor dir, Chef.“

„Hast du auch allen Grund dazu.“

„Jetzt habe ich noch mehr Angst.“

„Das verstehe ich nicht.“

Hans sagte nichts, er verschwand schon fast in seiner Angst. Lu sah das.

„Hey, Dämon!!“

„Was?“

„Biste noch da?“

„Tue mir nichts, Chef, bitte.“

„Ich tue dir nichts, aber du hast den Selbsthilfegruppenraum ruiniert.“

„Das war ich nicht! Das war der Selbstmordattentäter!“

„Endlich wirst du laut.“

„Oh, Entschuldigung.“

„Ich entschuldige nicht.“

Da begann Hans zu weinen.

„Wieso weinst du jetzt?“

„Du vergibst mir nicht.“

„Ich vergebe dir deswegen nicht, weil du dich entschuldigst.“

„Was?“

„Du sollst dich nicht entschuldigen.“

„Tut mir leid.“

Lu schaute Hans an und dachte nach.

„Fühlst du dich der Selbsthilfegruppe für Extremisten gewachsen, Hans?“, fragte Lu.

„Die sind doch jetzt alle tot.“

„Ich könnte neue bestellen.“

„Aber die wollen dann immer, dass ich zum Islam konvertiere.“

„Du kannst nicht konvertieren, Hans.“

„Und wieso nicht?“

„Du gehörst keiner Religion an. Man kann nur von einer Religion zu einer anderen konvertieren. Du hattest doch den Grundkurs gemacht oder?“

Hans sagte nichts.

„Ich habe dich was gefragt, Hans."

„Ich bin vor dem Computer eingepennt, okay?"

„Der hatte Geld gekostet, und ich kriege nur Sozialhilfe. Aber egal. Schaffst du das mit der Selbsthilfegruppe?"

„Ich trete denen in den Arsch!"

„Das wollte ich nur hören."

„Mit Neuen?"

„Nein, mit den Alten."

„Aber die sind doch tot."

„Was bist du?"

„Ein Dämon."

„Wo leben die?"

„In der Hölle."

„Also."

16

„Hallo, ich bin Hans. Ich leite für die ersten drei Sitzungen diese Gruppe."

„Hast du überlegt, was ich dir gesagt habe, Hans?", fragte Yussuf.

Hans wandte seinen Kopf ganz langsam zu Yussuf. Und schaute ihn durchdringend an. Der bekam Angst.

„Wenn du noch mal so etwas in irgendeiner Weise zu mir sagst, Yussuf, dann stopfe ich dir die Sprengladung von Achmed in den Arsch und zünde sie.", sagte Hans ganz leise.

Yussuf schaute irritiert, er sagte nichts mehr.

„So, herzlich willkommen zur Selbsthilfegruppe für Extremisten. Wir gehen so vor, dass sich jeder reihum vorstellt. Aber bitte nur kurz. Wer beginnt?", fragte Hans.

„Ich möchte anfangen.", sagte Achmed.

„Bitte, du hast das Wort.", sagte Hans.

„Danke. Also, ich bin Achmed. Von Beruf bin ich Selbstmordattentäter. Ich habe keine Kinder, weil man in meinem Beruf nicht lange lebt. Das bedeutet, ich habe eigentlich keine Zeit dazu, mir einen Job zu suchen, zu heiraten und eine Familie zu gründen. Ach ja, wie ich hierher gekommen bin. Also, ich zündete meinen Sprengstoffgürtel, und im nächsten Moment stand ich vor einem Aufzug. Da empfing mich so ein Mann mit roter Haut und mit so Hörnern auf dem Kopf. Der brachte mich mit weiteren Leuten nach hier unten."

„Danke, Achmed.", sagte Hans.

„Aber ich habe noch eine Frage."

„Ja?"

„Wo bin ich eigentlich?"

„Du befindest dich in der Hölle, Achmed."

„Darf man hier sprengen?"

Hans wurde ernst, er schaute zu Achmed.

„Achmed?"

Achmed sagte nichts, denn wenn ein Dämon schaut, dann gefriert in der Regel das Blut eines Menschen. Aber die Hölle war ganz temperiert. Insofern gefror kein Blut, aber Achmed bekam Angst.

„Wenn du noch mal sprengst, dann stelle ich dem Teufel vor."

Achmed wurde ganz weiß im Gesicht. Er wünschte sich ein Mauseloch, aber in der Regel gab es in der Hölle keine Mäuse.

„So, der nächste, bitte."

Der Nächste in der Runde sagte nichts. Ihm schlotterten die Knie.

„Du bist dran.“, sagte Hans zu dem Nächsten.

Der trug einen Anzug mit Hemd und Krawatte.

„Stelle dich bitte vor.“

„Ich denke, ich bin hier falsch.“, sagte der Mann im Anzug schließlich.

„Wieso?“

„Das ist doch die Selbsthilfegruppe für Extremisten?“

„Ja.“

„Dann gehöre ich nicht hier hin.“

„Du sitzt aber hier.“

„Dann muss ein Fehler vorliegen.“

„Wir in der Hölle machen keine Fehler. Stelle dich bitte vor.“

„Nein, mache ich nicht.“

„Gut, dann rufe ich mal eben den Teufel an.“

„Nein, bitte nicht!“

„Dann stelle dich vor!“

Der Mann im Anzug rutschte auf seinem Stuhl hin und her.

„Ich verstehe das nicht, dass ich mich in der Hölle befinde. Ich müsste eigentlich im Himmel sein."

„Weißte was, Kerlchen? Du hast noch eine letzte Chance, dich vorzustellen! Wenn du die nicht wahrnimmst, dann hast du ein Problem!"

„Und welches?"

„Dann zeige ich dir die andere Seite der Hölle."

„So, wie es in der Bibel steht?"

„Aber hallo!"

„Okay, okay.", sagte der Mann im Anzug und rang nach Worten, „Also, ich bin Gerd Kroner, ich bin verheiratet, habe zwei Kinder und arbeite als Buchhalter."

„Vielen Dank, Gerd."

„Aber ich verstehe nicht, warum ich hier bin."

„Was könnte dir denn in den Sinn kommen, was der Grund für deine Anwesenheit hier in der Hölle ist?"

„Mir fällt da wirklich nichts ein."

„In Ordnung, dann der nächste, bitte."

„Bevor ich mich vorstelle, denn jeder soll die Chance bekommen, bekennt euch zu Jesus Christus. Er wird euch von euren Sünden erlösen.“, sagte der Nächste.

„Das ist keine Evangelisationsveranstaltung, das ist eine Selbsthilfegruppe.“, sagte Hans.

„Noch ist Gnadenzeit, noch habt ihr die Chance, euch zu Jesus zu bekennen.“

„Hast du auch einen Namen?“, fragte Hans.

„Mein Name ist unwichtig, wichtig ist nur der Name Jesu.“

„Okay, für dich gilt dasselbe, was ich eben zu Gerd gesagt hatte.“

„Ha, du willst mir drohen, Dämon?“

„Ich heiße Hans.“

„Und ich sage dir, die Hölle gibt es nicht. Aber am Ende aller Tage wird Gott mit Feuer Luzifer und seine Dämonen vernichten.“

„Tut mir leid, Feuer haben wir hier in der Hölle nicht. Aber wir haben einen Kernreaktor.“

„Bekennt euch zu Jesus, dem Herrn!“

„Ich könnte dich in den Gefahrenbereich des Reaktors bringen.“

„Flieht der Sünde, lasst euch nicht von dem Widersacher verführen! Seid stark im Glauben!“

„Der Gefahrenbereich ist verstrahlt.“

„Seid wachsam, denn der Teufel geht um wie ein brüllender Löwe und sucht, wen er verschlingt.“

„Könnte der mal mit dem Geschwafel aufhören?!“, fragte Achmed.

Da gingen die Alarmlampen in Hans' Zerebrum an.

„Jungchen, höre mal bitte auf!“, bat Hans den Schwafler.

„Und der Zorn Gottes wird sich ergießen...“

„Aufhören!!“, kam es von Hans.

„Und die Zornesschalen wurden ausgegossen...“

„Scheiße!“, sagte Hans.

Im nächsten Moment explodierte der Selbsthilfegruppenraum neuerlich.

17

„Wieso bist du schon wieder hier, Hans?“, fragte Lu.

„Weißte, Chef...“, begann Hans.

„Was weiß ich?“

„Es lief schon viel besser, Chef.“

„Und wieso ist dann euer Raum wieder Schrott?“

„Das kann ich erklären, Chef.“

„Das will ich hoffen.“

„Der Adventist redete, und er redete, und er redete, da drehte Achmed durch und zündete seinen Sprengstoffgürtel.“

„Das war es schon?“

„Das war es schon, Chef.“

„So kann man auch mit Worten töten.“, sagte Lu nachdenklich.

„Und was mache ich jetzt?“, fragte Hans.

„Jetzt baust du den Raum auf.“

„Von meinem Geld?“

„Bei mir ist Ebbe. Ich bekomme erst am ersten wieder Geld.“

„Was haben wir jetzt?"

„Den elften."

„Den elften was?"

„Den elften September."

„Da war schon mal so was gewesen."

„Was meinst du?"

„Ja, mit Explosion und so.", sagte Hans.

„Ich kann mich gerade nicht erinnern."

„Bist du wieder überlastet, Chef?"

„Eigentlich nicht."

„Aber irgendwas hast du."

„Ha, ich nicht, aber Hel."

„Was hat Hel denn?"

„Sie ist schwanger."

„Oh, Glückwunsch, Chef!"

„Ich weiß echt nicht, ob ich mich freuen soll."

„Wieso? Ein Kind ist doch ein Grund zur Freude!"

„Aber es ist das Kind des Satans. Die Brut des Bösen. Verstehst du, Hans?"

„*Rosemaries Baby*?"

„Was ist denn das schon wieder?“

„Das ist ein Film.“

„Ach ja, stimmt.“

„Wovor hast du Angst, Chef?“

„Willst du mich therapieren, Hans?“

„Ich habe gerade mit meinen blutjungen 18 Jahren ein wenig Erfahrung bekommen, und zwar durch die Selbsthilfegruppe, die du mir angeboten hast, Chef. Jetzt möchte ich das, was ich auf diese Weise gelernt habe, dir zurück geben.“

Lu Teufel guckte. Er war beeindruckt von der schnell erlangten Reife des Dämons vierter Klasse.

„Du hast Schneid, Hans.“

„Danke, Chef. Wovor hast du Angst?“

„Na ja, dass mein Kind die Welt vernichten wird.“

„Weil es die Brut des Bösen ist?“

„Genau.“

„Woher willst da das wissen?“

„Was?“

„Dass dein Kind die Brut des Bösen ist.“

„Na ja, es hat eine heidnische Göttin zur Mutter und den Teufel zum Vater.“

„Habt ihr schon einen Namen?“

„Ja, *Rosemarie*.“

„Isst du auch genug Salat, Chef?“

„Was hat das denn damit zu tun?“

„Weiß nicht, ich für mein Teil liebe Salat. Eisbergsalat mit geriebenem Käse und Zwiebeln und etwas Ei und Joghurtdressing und Kidneybohnen und Mais.“

„Mir läuft das Wasser im Mund zusammen.“

„Was sagt dir das?“

„Unser Gespräch ist beendet.“

„Und was mache ich mit dem Adventisten?“

„Na, was wohl?“

„In den Hintern treten?“

„Und putzt dir die Hufe vorher.“

„Mache ich, Chef.“

18

Man traf sich auch schon mal nachts in der Nachtbar. Die ersten waren die Säufer Odin, Zeus und Cernunnos. Buddha schlief auf seinem Zimmer, er schlief immer auf seinem Zimmer. Niemand vermochte es, ihn zu wecken. Da kam auch Hans mit seinen 18 Jahren in die Nachtbar.

„Was geht?“, fragte Hans die Götter.

„Machst wohl einen auf cool oder was?“, fragte Odin.

„Du bist doch ein Gott oder nicht?“, fragte Hans.

„Ich bin der Allvater, der oberste aller Götter!“, posaunte Odin.

Die Kollegen Zeus und Cernunnos schauten ihn an.

„Okay, ich bin der oberste Gott der germanischen Fraktion.“, korrigierte Odin.

„Gut. Wenn du ein Gott bist, und es scheint, dass das so ist, dann hättest du auf meine pubertäre Äußerung wissender und liebevoller reagieren müssen.“, sagte Hans.

Odin blieb das Wort im Munde stecken.

„Was bist du denn für einer, der so gewählt und gebildet sprechen kann?“, fragte dann der oberste Gott der germanischen Fraktion.

„Ich benutze aneinander gereihte und Sinn ergebende Buchstaben.“

„Bitte was?“

„Ich lese. Das ist jetzt etwas einfacher ausgedrückt, aber ich habe es deswegen so formuliert, damit du das, oh oberster Gott der germanischen Kultur und Mythologie, besser verstehen kannst.“

Odin guckte. Er war erst mal platt. Zeus und Cernunnos kicherten.

„Seid ihr Mädels?!“, fauchte Odin seine Kollegen an.

Da konnten sich die Götterkollegen nicht mehr halten und lachten laut auf. Der Barkeeper kam. Er wartete ab, bis zu Ende gelacht worden war.

„Was darf es denn sein?“, fragte der Barmann.

„Was willst du denn?“, fragte Odin.

„Dir ein paar auf die Fresse geben, Odin.“, sagte der Barkeeper.

„Bist du ein Dämon?“, fragte Odin.

„Haste was an den Augen, Odin?“

Odin sagte erst nichts.

„Ich habe nur noch ein Auge.“, sagte Odin dann.

„Jungchen, wenn man nur noch ein Auge hat, dann sollte man nicht so weit die Klappe aufreißen!“, erklärte der Bardämon.

„Ich kann mir das erlauben, ich bin ein Gott!“, fauchte Odin.

Da kam Thor in die Nachtbar. Er sah Odin. Odin sah Thor.

„Chef!“, rief Thor.

Thor strahlte und ging zu Odin.

„Was machst du denn hier, Thor?“, fragte Odin.

„Ich suche dich!“

„Warum denn das?“

„Du bist einfach aus Asgard abgehauen und hast noch nicht mal einen Zettel auf dem Küchentisch hinterlegt.“

„Wir haben keinen Küchentisch in Asgard.“

„Nicht?“

„Nicht, dass ich wüsste.“

„Aber was machst du denn hier in der Hölle, Chef?“

„Ich will gerade mal einen trinken. Und dann kommt da so ein Lausbub daher und meint, mich einschüchtern zu können mit seinem so überragenden Intellekt."

„Und? Hatte er es geschafft?"

„Was?"

„Dich einzuschüchtern."

Odin sagte nichts.

„Oh, er hat es geschafft.", sagte Thor.

„Was kann ich dafür, dass ein Auge zu opfern nicht ausgereicht hat, um allumfassende Weisheit zu erlangen?", meckerte Odin.

„Weisheit ist was anderes als Intelligenz, Chef."

„Du willst mich doch nur trösten, Thor."

„Ich bin der Schützer der Götter. Meine Aufgabe ist es auch, dich vor dem Riesen der Frustration zu retten."

„Aber wieso ist dieser Jungspund intelligenter als ich?"

„Vielleicht ist er ein Dämon?"

„Er ist ein Dämon, es ist der Kerl hier.", sagte Odin und wies auf Hans.

„Du hast also meinen Chef in Verlegenheit gebracht?“, fragte Thor Hans.

„Das kann einem Dämon schon mal passieren.“

„Du scheinst sehr selbstbewusst zu sein, Dämon.“

„Ich heiße Hans.“

„Wie alt bist du?“

„Ich bin 18 Jahre alt.“

„Mit 18 Jahren machst du also meinen Chef platt?“

„Was dagegen?“

„Du hast Mut.“

Hans sagte nichts.

„Wieso sagst du nichts, Hans?“

„Was willst du von mir?“

„Woher hast du diesen Mut, Dämon Hans?“

„Ich leite die Selbsthilfegruppe für Extremisten.“

„Wer sind die Teilnehmer?“

„Ein radikaler Islamist, ein Sprengstoffattentäter aus der selben Fraktion, ein Adventist und ein Zeuge Jehova.“

Thor brach fast zusammen.

„Jetzt echt?“, fragte Thor nach.

„Ja.“

„Und dann lebst du noch?“

„Ich bin ein Dämon, schon vergessen?“

„Dämon Hans?“

„Was?“

„Darf ich in dieser Selbsthilfegruppe an deiner Seite sein?“

Dämon Hans begann zu lächeln.

„Ja, das darfst du, Thor.“, sagte Hans.

„Aber erst trinken wir einen.“, sagte Thor.

„Abgemacht.“, strahlte Hans.

„Darf ich euch jetzt was bringen?“, fragte genervt der Bardämon.

„Ja, Met für alle!“, sagte Thor.

„Woher weißt du, dass ich Met habe?“, fragte der Barkeeper.

„Du hast Met?“

„Ja, hatte der Chef bestellt.“

„Den hatte ich kennen gelernt, scheint nett zu sein.“

„Er ist ein wenig aus dem Ruder gelaufen."

„Was denn für ein Ruder?"

„Aus dem Ruder des bösen Kurses. Aber ich habe noch Hoffnung."

„Inwiefern?"

„Seine Frau ist schwanger. Ich hoffe, dass das Kind alles besser machen wird."

„Besser?"

„Ja, im Sinne von *böser*."

„Böser?"

„Hast du was an deinen Lauschlappen, Thor?"

„Aber das Böse ist doch böse."

„Und die hast gerade Met in einer Bar bestellt, die sich in der Hölle befindet. Außerdem bist du ein heidnischer Gott, also halt die Klappe und saufe deinen Met!"

Thor sagte nichts mehr. Er wandte sich an Odin.

„Mit den Dämonen hier ist nicht gut Kirschen essen, Chef."

„Das habe ich auch schon fest gestellt, Thor."

„Was machen wir jetzt?"

„Wir trinken den Met."

„In Ordnung, Chef.“

„Hast du deinen Hammer dabei, Thor?“

„Klar, Chef.“

„Zur Not drauf hauen.“

„Ich weiß aber nicht, ob das hilft.“

„Wieso?“

„Das sind Dämonen.“

19

Da kam Gott in die Nachtbar. Er stellte sich an den Tresen.

„Bitte einen Bananenshake.“, bat Gott den Bardämon.

„Endlich mal jemand, der sich was Vernünftiges bestellt.“, sagte der Barkeeper.

„Was wird denn sonst hier ausgeschenkt?“, fragte Gott.

„Normalerweise Vernünftiges, aber irgendwie gibt es zur Zeit einen Wandel.“

„In welche Richtung?“

„In eine ungute.“

„Was bedeutet das?“

„Met?“

„Ihr habt Met?“

„Äh, ja.“

„Dann ist der Shake storniert, und ich hätte gerne einen Met.“

„Sind Sie auch ein Gott?“

„Ich bin eigentlich der Gott, aber durch die Selbsthilfegruppe wurde das ziemlich relativiert.“

„Wieso bist du eigentlich hier in der Hölle? Du wohnst doch im Himmel.“

„Dein Chef hatte eine Idee. Deswegen bin ich hier.“

„Was für eine Idee?“

„Selbsthilfegruppe.“

„Das sagt der jedem.“

„Echt?“

„Ja, hatte er mir auch gesagt. Er sagte, ich solle mal was Anständiges machen, nicht nur immer Barkeeper.“

„Was ist denn Barkeeper?“

„Das ist Englisch.“

„Was ist Englisch?“

Der Bardämon guckte.

„Du bist doch Gott?“, fragte der Bardämon.

„Ja.“

„Turm zu Babel?“

„Hä?“

„Sprachverwirrung durch Generierung mehrerer Sprachen?“

„Hä?“

„Kennst du die Bibel?“

„Was soll das denn sein?“

„Das ist ein Buch, in dem redet man pausenlos über dich.“

„Man redet über mich?“

„Ist dir das peinlich?“

„Was sagt man denn über mich?“

„Du solltest Therapie machen, Gott.“

„Das sagt man in der Bibel über mich?“

„Nein, in der Bibel bist du der Held, der alles im Griff hat.“

„Wer sagt das?“

„Na, ganz viele Autoren. Mose, Matthäus, Johannes, Habakuk, Jeremia,...“

„Wer ist das?“

„Warte, ich hole dir schnell einen Met.“

„Habt ihr den auch in Flaschen?“

„Du willst eine Flasche Met?“

„Am besten gleich zwei.“

„Okay, zwei Flaschen Met für den Gott des Himmels und der Erde.“, sagte der Bardämon und holte die zwei Flaschen.

Er stellte sie auf den Tresen. Gott nahm die eine Flasche, öffnete diese und trank sie aus. Der Barkeeper guckte.

„Oh, das tut gut.“, sagte Gott.

„Ich hatte immer gedacht, du bist Antialkoholiker.“, sagte der Bardämon.

„Wie heißt das Zeug noch mal?“, fragte Gott.

„Met.“

„Wer hat das gemacht?“

„Die Germanen.“

„Sind die von mir autorisiert?“

„Ne, das sind Heiden.“

„Ab jetzt sind die von mir autorisiert.“

„Also, sind das jetzt Christen?“

„Was sind Christen?“

Da kam Lu Teufel in die Nachtbar. Er sah Gott und gesellte sich zu ihm.

„Hallo Gott!“, sagte freudestrahlend Lu.

„Hallo Lu.“, sagte Gott.

„Was machst du denn hier, Gott?“

„Einen trinken.“

„Du solltest eigentlich schon längst im Bett sein, Gott.“

„Ich brauche kein Kindermädchen.“

„Trage ich ein Kleid?“

„Würde dir gut stehen, Luzifer.“

„Du hast mich bei Namen genannt, Gott.“

„Ich nenne jedem bei seinem Namen.“

„Aber deswegen trage ich trotzdem keine Kleider.“

„Stimmt, Engel sind ja auch geschlechtslos.“

„Äh, Gott?“

„Was?“

„Ich werde bald Vater.“

„Glückwunsch, Lu!“

„Danke, Gott! Das bedeutet, du wirst bald Großvater."

„Was? So alt bin ich schon?"

„Was hast du eigentlich getrunken, Gott?"

„Met."

„Met?"

„Ja, Met."

„Wie viel?"

„Eine Flasche, auf ex."

Lu sah die leere Flasche.

„Diese etwa?", fragte Lu und wies auf die leere Flasche Met.

„Ja, die hatte ich eben ausgetrunken.", sagte Gott.

„Ganz?"

„Siehst du etwa da noch einen Tropfen drin?"

„Äh Gott?"

„Ja?"

„Ich bewundere an dir immer, wenn du etwas machst, dann machst du es gründlich."

„Danke, lieb von dir, Lu. Aber ich erhebe Einspruch."

„Inwiefern?“

„Meine Schöpfung war scheiße.“

„Du hast *scheiße* gesagt, Gott.“

„Darf ich noch nicht mal *scheiße* sagen?“

„Du bist besoffen, Gott. Gehe ins Bett.“

„Ich dachte, alles sei gut.“

„War es auch.“

„Und dann ging alles den Bach runter.“

„Was für ein Bach?“

„Sagt man so.“

„Ach so. Was ging denn den Bach runter?“

„Alles. Erst Eva, dann Kain, dann all' die anderen.“

„Tut mir leid.“

„Dann noch die Sintflut.“

„Die ging auch den Bach runter?“

„Nein, die war der Bach. Frage mich jetzt bitte nicht nach der Wasserrechnung.“

„Wie viel musstest du bezahlen?“

„Ich hatte dich gebeten, mich nicht nach der Wasserrechnung zu fragen.“

„Sorry."

„Ich vergebe dir."

„Danke. Vergibst du mir auch, dass ich damals ein Arsch gewesen war?"

„Du warst ein Arsch gewesen?"

„Sagen wir, ich war eher eine Schlange gewesen."

„Das warst du?"

„Ja, tut mir auch leid."

„Du hast alles in Verderben gestürzt?"

„Ne, ich hatte nur versucht, alle zu verführen."

„Alle? Damals gab es doch kaum jemand."

„Aber hatte funktioniert."

„Hattest du damals ein Kleid an?"

„Bei Eva?"

„Also eine Jeans?"

„Damals gab es noch keine Jeans."

„Seit wann gibt es die denn?"

„Seit dem 20. Jahrhundert."

„Wie willst du dein Kind nennen, Lu?"

„Rosemarie."

„Ich habe den Film gesehen."

„Und wie fandest du ihn?"

„Polanski ist ein guter Regisseur."

„Findest du?"

„Klar. *Die neun Pforten* fand ich auch gut von ihm."

„Aber da komme ich wieder drin vor."

„Finde ich gut."

„Du findest gut, wenn ich in Filmen vorkomme?"

„Ja, klar. Ich mag meine Kinder gerne in Filmen sehen."

„Papa Gott?"

„Was?"

„Ich hab' dich lieb."

„Ich hab' dich auch lieb, Lu."

Kleines Schweigen.

„Ich fand süß, wie du *Papa Gott* zu mir gesagt hast, Lu."

„Danke, Papa. Ich bring' dich jetzt in Heia."

„Danke, mein Sohn."

20

Lu musste Gott stützen, denn Gott hatte eine Flasche Met auf ex getrunken. Man erreichte das Zimmer und trat ein. Vorsichtig legte Lu Gott auf sein Bett. Dann wollte Lu Gott den Anzug ausziehen.

„Was machst du, Lu?“

„Deinen Anzug ausziehen.“

„Lieb von dir, aber lass mal, ich penne so.“

„Okay. Schlafe gut, Gott.“

Im nächsten Moment war Gott eingeschlafen. Lu deckte ihn mit der Bettdecke noch zu. Und ging zur Tür. Er schaute noch zu Gott und sah, wie er friedlich schlief. Lu wurde es ganz warm ums Herz. Dann verließ er das Zimmer und schloss ganz leise die Tür. Im Gang allerdings lief ihn jemand fast über den Haufen. Man konnte im letzten Moment noch ausweichen. Lu sah einen Mann und eine Frau. Die Frau sah aus wie Topmodel und der Mann sah aus wie Topmodel.

„Entschuldigung.“, sagte der Mann, „Ich war etwas unvorsichtig.“

„Nicht tragisch, ist ja nichts passiert.“, sagte Lu.

„Äh, wir sind gerade mit dem Aufzug frisch eingetroffen, und wir suchen den Chef von hier.“, sagte der Mann.

„Der bin ich.“, sagte Lu.

„Ah, wundervoll!“, sagte der Mann.

Die Frau musterte Lu.

„Ich kenne den.“, sagte die Frau.

„Was? Du kennst den?“, fragte der Mann die Frau.

„Ja! Es ist wohl schon sehr lange her, aber so eine Aura vergesse ich nicht!“

„Aura?“, fragte der Mann.

„Halt die Klappe, Adam!“, befahl die Frau.

„Bin ja schon still.“, sagte Adam.

„Ich hatte gesagt, du sollst die Klappe halten!!“, befahl die Frau ein wenig lauter.

„Bitte nicht so laut, es ist Nacht, und die meisten meiner Bewohner schlafen schon.“, bat Lu.

„Du hast mir gar nichts zu sagen, Schlange!!“

Die Frau war sichtlich erbost. Lu las in ihrem Gesicht, er versuchte, sich zu erinnern. Da erkannte er sie.

„Eva?“, fragte Lu.

„Ja, ich bin es! Eva!“, sagte Eva.

„Was machst du denn hier?“, fragte Lu.

„Du bist an allem Schuld, Schlange!“

„Trägst du mir das immer noch hinterher?“

„Was?!“

„Das mit der Frucht.“

„Ja, und so was von!“

„Nach all' den Jahren siehst du immer noch super gut aus, Eva.“

„Danke, aber das wollte ich jetzt nicht hören!“

„Was dann?“

„Wann wirst du endlich abgeschlachtet, Schlange?!“

„Wie du siehst, aber ich jetzt gerade eine andere Daseinsform als die einer Schlange.“

„Daseinsform?! Wieso redest du so gequirlt?!“

„Bitte etwas leiser reden, Eva.“

„Interessiert mich nicht!“

„Okay, gehen wir in mein Büro.“

„Du hast ein Büro?!“

„Bitte nicht so laut.“, sagte Lu und ging los.

Adam ging mit, Eva nicht. Lu bemerkte das. Er wandte sich um.

„Eva, komm' schon.“, bat Lu.

Eva verdrehte die Augen. Sie ging zu den beiden. Und Lu sah, wie sie ging. Sie ging wie ein Topmodel. Wunderschön und selbstbewusst. Lu war von ihr angetan. Dann hatte Eva die beiden erreicht.

„Folgt mir.“, sagte Lu.

„Aber nur noch dieses eine Mal.“, sagte Eva.

„Danke, dass du nicht mehr so laut bist, Eva.“, sagte Lu.

Eva sagte nichts. Man erreichte nach einigen Gängen Lus Büro.

„Herzlich willkommen.“, sagte Lu und öffnete die Tür.

„Ich hoffe, dass ist jetzt nicht wieder so eine Verführung.“, sagte Eva.

„Was für eine Verführung?“, fragte Lu.

„Na, wie das Dingen von vor 6000 Jahren.“

Lu guckte, dann erinnerte er sich.

„Ist das schon so lange her?“, sagte Lu.

„Hast du Früchte da?“, fragte Eva.

„Komme erst mal rein."

„Hast du Früchte da?"

„Ja, Kiwis, Bananen, Orangen."

„Ich will davon nichts."

„Ist aber gesund. Besonders Kiwis und Orangen, die haben viel Vitamin C."

„Ich wusste es, du willst mich wieder verführen."

„Er hat dich schon mal verführt?", fragte Adam Eva.

„Ja, damals. Weißt du doch."

„Ach so."

Man stand im Eingang. Adam und Eva wollten partout nicht in das Büro von Lu Teufel hinein gehen. Lu bemerkte das.

„Okay.", sagte er dann, „Ich verstehe. Ihr habt psychische Altlasten wegen mir. Ihr müsst ja nicht mit in mein Büro kommen mit den vielen Früchten."

„Schon besser.", sagte Eva.

Adam sagte nichts.

„Wieso seid ihr überhaupt hier in der Hölle?", fragte Lu.

„Adam hat einen Burnout.", sagte Eva.

„Aber Adam ist doch schon lange tot."

„Das sage ihm mal! Er schuftet und schuftet, als gäbe es nur das eine für ihn!"

„Was für eines?"

„Na, Arbeit! Was denn sonst?!"

„Bitte nicht so laut, Eva. Hier schlafen meine Angestellten."

„Was denn für Angestellte?"

„Na ja, Psychotherapeuten und Leiter von Selbsthilfegruppen."

„Genau. Da war ich bei so einer Arbeitsberatung, und die Dame sagte, Adam solle Psychotherapie machen."

„Ach ja."

„Ich bat um eine Adresse und die Dame sagte, ich solle zu so einem Aufzug gehen."

„Und dann?"

„Wir gingen zu dem Aufzug, aber da war es zu spät."

„Inwiefern?"

„Ich bekam Adam nicht wach."

„Nicht wach?"

„Sagte ich doch. Als wir dann endlich da waren, war der Aufzug schon weg."

„Wir sollten vielleicht besser rein gehen, ich biete euch auch keine Früchte an."

„Was hast du denn sonst noch da?"

„Tee."

„Das ist ja wie im Paradies hier. Ich liebe Tee."

„Ich habe auch Früchtetee."

„Den möchte ich aus bekannten Gründen meiden."

„Du hast ein Trauma, Eva."

„Das habe ich dir zu verdanken, Schlange."

„Nenne mich bitte nicht *Schlange*. Sehe ich etwa aus wie eine Schlange?"

„Du siehst aus wie ein Ziege, nur mit roter Haut."

„Dann nenne mich halt *Ziege*."

„Okay, Ziege. Wo ist der Tee?"

„Drinnen."

„Na gut, ich wage den Schritt.", sagte Eva und ging in das Büro Lus.

Lu machte das Licht an. Er ging dann auch hinein, gefolgt von Adam.

„Du hast es wirklich schön hier, Ziege.“, sagte Eva.

„Danke, Eva. Was hälst du davon, wie schmeißen Adam auf den Müll, und wir beide machen den Rest weiter?“

„Das klingt wie früher.“, sagte Eva, „Ich wusste es, du bist immer noch der Alte.“

„War nur ein Scherz gewesen.“, besänftigte Lu.

Eva schaute irritiert.

„Es scheint, du kommst aus deiner alten Haut nicht raus, Schlange.“, sagte Eva.

„Du siehst dermaßen gut aus, Eva, da wird jeder Mann mal zum Teufel.“

„Soll ich das als Kompliment auffassen?“

„Ich mache jetzt den Tee, und wehe jemand geht an die Früchte.“, sagte Lu und ging in die kleine Küche des Büros.

Adam und Eva setzten sich auf die Couch.

„Wie findest du es hier, Adam?“, fragte Eva.

„Sehr modern. Aber ich traue dem Teufel nicht.“

„Wieso?“

„Willst du jetzt wieder den alten Fehler machen, Eva?“

„Wir trinken doch nur Tee. Und außerdem hast du einen Burnout.“

„Ich mag dieses neumodische Gequatsche nicht, ich will wieder ins Paradies.“

„Was für ein neumodisches Gequatsche?“

„Na ja, Burnout, Depression und posttraumatisches Syndrom und so. Im Paradies war alles anders.“

„Aber wenn ich diesen sogenannten Fehler nicht begangen hätte, dann hätten wir jetzt nicht dieses neumodische Gequatsche.“

„Du meinst, dass du den Fehler begangen hattest, war gut? Und brachte uns zu diesen Begriffen?“

„Sagen wir so. Wenn ich den Fehler nicht begangen hätte, dann wüssten wir nichts über Burnout, Depression und posttraumatischem Syndrom.“

„Dann war dein Fehler also richtig?“

In diesem Moment krachte die Tür zu Lus Büro auf. Sie krachte weniger auf, es war eher so, dass sie brannte. Wie vom Blitz getroffen. Zeus schwankte herein. Gefolgt von Odin und Cernunnos. Zeus rülpste lautstark.

„Oh, wie unangenehm.“, bemerkte Eva.

„Guten Tag.“, sagte Zeus.

„Wir haben Nacht, du dämlicher Idiot.“, sagte Eva.

„Na dann, gute Nacht, Aphrodite.“, sagte Zeus.

„Ich bin nicht Aphrodite, ich bin Eva.“

„Aber du siehst aus wie Aphrodite, Schätzchen.“

„Ich bin nicht dein Schätzchen, du Alkoholiker! Und jetzt verschwinde!“

„Moment mal, wann ich gehe, entscheide noch immer ich. Ich bin schließlich ein Gott.“

„Der Gott?“

„Das habe ich nicht gesagt.“

„Also, verziehe dich, du verlauster Penner!“

„Entschuldige bitte, Schönheit. Wer bist du, dass du so was zu mir sagen darfst?“

„Habe ich eben schon gesagt, aber wenn man so viel Alkohol in sich hat, dann kriegt man anscheinend nichts mehr mit!“

„Würdest du es mir freundlicherweise noch mal sagen?“

Da stand Eva auf und trat zu Zeus.

„Ich bin Eva, die erste Frau und die Mutter der Menschheit!“

„Die Mutter der Menschheit?“

„Ja, bis auf meinen Gatten hier und mich.“

„Bedeutet das eine Relativierung?“

„In der Tat.“

„Inwiefern?“

„Adam ist aus dem Boden der Erde geschaffen worden...“

„So sieht er auch aus, ganz blass.“

„Lass ihn in Ruhe, er hat einen Burnout.“

„Weiter mit der Relativierung.“

„Und ich bin seine Rippe.“

„Was bedeutet denn das schon wieder?“

„Keine Ahnung, musste Gott fragen.“

„Den kenne ich.“

„Den kannst du?“

„Klar, er ist in meiner Selbsthilfegruppe.“

„Gott ist hier?!“

„Ja, wir sind sozusagen Kollegen.“

„Kann ich ihn sprechen?“

„Da musste den Chef fragen, Liebchen.“

„Ich bin nicht dein Liebchen!“

„Ist ja gut.“

„Ziege?!“, rief Eva.

Da kam Lu aus der Küche mit dem fertigen Tee. Er stellte das Tablett auf einen Tisch.

„Was gibt es?“, fragte Lu.

„Gott ist hier?“, fragte Eva.

„Ja.“

„Kann ich ihn sprechen?“, fragte Eva Lu.

„Moment.“, sagte Lu, der die zerstörte Tür und die besoffenen Götter bemerkte.

„Wer war das?“, fragte Lu.

„Was?“, fragte Zeus.

„Also du warst das.“

„Das habe ich nicht gesagt.“

„Du hast als erster geredet, als warst du es. Du ersetzt mir das, Freundchen.“

„Du kannst mich mal!"

„Dann schmeiße ich dich aus der Gruppe raus."

„Das kannst du nicht machen!"

„Wer ist hier eigentlich der Chef?"

„Aber wie soll ich dir das denn ersetzen? Ich habe kein Einkommen."

„Dann suche dir einen Job."

„Hier in der Hölle?"

„Na, wo denn sonst?"

„Scheiße."

„Gehe deinen Rausch ausschlafen, Zeus. Und morgen suchst du dir Arbeit."

„Ja, Lu.", sagte Zeus kleinlaut und verschwand mit seinen Götterkollegen.

Dann wandte sich Lu wieder an Eva.

„Wo waren wir noch mal stehen geblieben?", fragte Lu.

„Du hast die aber gut im Griff?"

„Wen?"

„Na ja, diese Jungs da."

„Das sind keine Jungs, das sind Götter."

„Und wieso benehmen die sich wie Jungs?"

„Frage mich was Leichteres."

„Wo ist der Tee?"

„Auf dem Tisch."

„Riecht gut."

„Ist Vanilletee."

„Ist das eine Frucht?"

„Nein, ein Gewürz."

„Kann man mit einem Gewürz auch jemanden verführen?"

„Sogar noch besser."

„Du willst mich wieder verführen?"

„Negativ. Ich habe euch einfach nur Tee gemacht."

„Oh, wie Schade."

„Was soll das denn nun wieder heißen?"

„An Verführung könnte ich mich gewöhnen."

„Eva?"

„Was?"

„Lass das."

„Du bist aber auch nicht mehr der Alte."

„Ich habe mich gehäutet. Und wehe, du wirst rückfällig."

„Du bist aber auch wirklich attraktiv."

„Ich als Ziege?"

„Ich lege die Betonung auf *Bock*."

„Du bist verheiratet, Eva."

„Mein Mann ist ein Loser.", sagte Eva und senkte den Blick.

„Du bist enttäuscht von ihm?"

„Wer ist enttäuscht von mir?", fragte Adam, der diese Sentenz mitbekommen hatte.

„Nichts, Adam. Halt die Klappe und trinke den Tee.", befahl Eva.

„Jawohl, meine Eva."

„So ist es brav."

„Dein Mann steht echt unter deiner Fuchtel, Eva.", bemerkte Lu.

„Er hat auch nichts anderes verdient.", sagte Eva mit erhobener Nase.

„Und wieso, wenn ich mal so fragen darf?"

„Er hat all' die Jahrtausende hindurch gearbeitet! Und wo blieb ich?! Auf der Strecke!"

„Du fühlst dich vernachlässigt?"

„Willst du mich verarschen?! War das, was ich gesagt hatte, nicht deutlich genug?!“

„Vielleicht solltest du Therapie bei mir machen, Eva.“

„Bei dir?!“

„Ist einfach nur ein Angebot.“

„Ich mache doch keine Therapie bei Luzifer!“

„Was hat denn dein Mann gearbeitet?“

„Das weißt du nicht, du Höllendämon?!“

„Vorsicht.“

„Was *Vorsicht*?“

„Ich bin kein Höllendämon.“

„Ach ja, ich habe vergessen. Tut mir echt leid. Du warst der schönste Engel, der dann gefallen war und jetzt der Satan der Hölle ist.“

„Ich bevorzuge den Titel *Herr aller Unterwelten*.“

„Meinetwegen.“

„Ich habe das Gefühl, du bist ein wenig wankelmütig, Eva.“

„Inwiefern?“

„Erst hattest du mich gehasst, dann wolltest du wieder von mir verführt werden, und jetzt hasst du mich schon wieder.“

„Du kannst mich mal."

„Ich habe den Verdacht, du bist eine Borderlinerin."

„Eine was?"

„Borderline ist der pathologische Begriff für die Leute, die Stimmungsschwankungen unterliegen."

„Sonst noch was?"

„Bist du eventuell hysterisch?"

„Wer will das wissen?"

„Sigmund Freud."

„Wer ist das denn schon wieder?"

„Ein genialer Kopf und Begründer der Psychoanalyse."

„Ist der auch hier?"

„Das bezweifle ich, er hat sehr viel Gutes getan. Ich denke, er befindet sich in der oberen Fraktion."

„Du denkst?"

„Man darf doch mal als schönster und gefallener Engel denken?"

„Was daraus geworden ist, ist ja bekannt."

„Ich habe mich geändert."

„Das kann nicht sein."

„Doch, ich habe mich wirklich geändert."

„Und was sagt Gott dazu?"

„Er hatte vorhin noch zu mir gesagt, dass er mich lieb hat."

„Gott liebt jeden, sogar dich."

„Und auch dich."

„Was soll das denn nun wieder heißen?"

„Na ja, du hast alle ins Verderben gestürzt."

„Ich?!"

„Wer denn sonst? Ich hatte dir die Frucht angeboten, und du hattest sie angenommen."

„Dann warst du es!"

„Du hättest auch *nein* sagen können."

„*Nein*?"

„Ja, im Sinne einer Abgrenzung."

„Abgrenzung?"

„Du hast wohl nicht so viel Ahnung von Psychologie oder was?"

„Und du bist anscheinend der Fachmann?"

„Lies mal Freud, Jung, Adler und alle die anderen guten Bücher über Psychologie."

„Und das soll helfen?"

„Ich habe es schon geschafft, dass zwei Erzrivalen zu Freunden geworden sind."

„Wer?"

„Einstein und Hitler."

„Wer ist denn das?"

„Ich denke, du solltest auch ein paar Geschichtsbücher lesen, Eva. Es siehst so aus, als müsstest du noch einiges nachholen."

„Meinst du?", fragte Eva zaghaft.

„Wir haben eine gut sortierte Bibliothek. Steht dir zur Verfügung."

Eva schaute Lu an.

„Wieso bist du eigentlich so nett geworden?"

„Weiß nicht, war einfach so eine Idee."

21

„So, da sind wir wieder. Der Raum ist wieder aufgebaut, und wir gehen in die nächste Runde.“, sagte Hans.

„Was für eine nächste Runde?“, fragte Achmed.

„Die Runde, von der ich hoffe, dass sie nicht wieder gesprengt wird.“

„Ging das jetzt an mich?“

„Wer ist denn der, der immer Sprengstoff bei sich hat?“

„Na, ich!“

„Haste wieder Sprengstoff bei dir?“

„Moment, ich muss gerade mal gucken. Ja, alles wieder aufgefüllt.“

„Wunderbar. Dann kann ja nichts mehr schief gehen.“

„War das jetzt ironisch gemeint, Hans?“

„Wehe du drückst den Knopf, Achmed!“

„Was wäre dann?“

„Was meinst du wohl, wer das hier alles bezahlen musste?“

„Du meinst die neuen Heizkörper?“

„Zum Beispiel.“

„Und den neuen Teppich?“

Hans guckte nur.

„Und die neuen Stühle? Und den neuen Tisch? Und das neue Waschbecken? Und die neuen Mauern? Und die neuen Tapeten?“

„Genau.“, sagte Hans.

„Musstest du das bezahlen, Hans?“

„Ne, meine Oma.“

„Du hast eine Oma?“

„Ich bin ein Dämon!“, sagte Hans mit funkelndem und dämonischem Blick.

Achmed bekam Angst und versuchte, sich in seinem Stuhl zu verkriechen. Das gelang natürlich nicht. Er war auf Gedeih und Verderb dem Dämon Hans ausgeliefert.

„Hast du noch was zu sagen, Achmed?“, fragte Hans.

Achmed sagte nichts.

„Was ist, Achmed? Zu viel des Guten?“, fragte Hans.

Da meldete sich der Adventist.

„Darf ich was sagen?“, fragte der Adventist.

„Nur zu.“, sagte Hans.

„Ich finde, du setzt Achmed gehörig unter Druck."

„Willst du einen neuen Raum bezahlen, Adventist?"

„Mir sind Spenden gegeben worden und zwar von Gott! Und du, Dämon, gehörst in die Hölle!"

„Wir befinden uns schon in der Hölle, Adventist."

„Ich möchte, das wir aus dieser Selbsthilfegruppe einen Hauskreis machen."

Hans traute seinen dämonischen Ohren nicht.

„Einen was?", fragte Hans nach.

„Einen Hauskreis! Und in diesem studieren wir die Bibel und hören auf Gottes Wort!"

„Achmed?"

„Ja, Hans?"

„Zünde."

Achmeds Augen leuchteten, und er zündete die Sprengladung.

22

„Du bist schon wieder hier, Hans.“, sagte Lu.

„Tut mir auch leid, Chef. Aber ich habe eine Eingabe.“

„Und die wäre?“

„Der Adventist ist therapieresistent.“

„Bist du dir sicher, Hans?“

„Ganz sicher.“

„Keine Chance?“

„Ich sehe keine.“

„Jetzt echt?“

„Der hört einfach nicht zu.“

„Und was denkst du, woran das liegt?“

„Ich denke, er hat einen Tunnelblick.“

„Denkst du?“

„Aber hallo! Für ihn gibt es nichts anderes als die adventistische Denkweise.“

„Das meinst du jetzt ernst?“

„Das meine ich ernst. Tut mir leid, Chef.“

„Na gut, dann Endverwahrung.“

„Meinste echt, Chef?“

„Ja, das ist die letzte Option."

„Also in einen Raum gesperrt, wohl mit Versorgung, aber ohne Verbindung zur Außenwelt?"

„Genau. Die Stahlbox."

„Ich hätte da noch eine Idee, Chef."

„Und die wäre?"

„Ich zeige ihm Offenbarung Kapitel drei."

„Laodicea?"

„Genau."

„Die Idee hatte ich auch, deswegen hatte ich ihn mit hier runter genommen."

„Dann versuche ich es damit."

„Gut. Aber dann müssen wir Achmed und Yussuf aus der Gruppe heraus nehmen, die würden das nicht verstehen."

„Und Achmed würde immer wieder durchdrehen, das wäre dann echt teuer."

„So ist es."

„Ich habe noch eine Idee."

„Und die wäre?"

„Wieso grillen wir den Adventisten nicht einfach?"

„Hans, du bist noch jung. Zu meinen Therapieprämissen gehört auch, von alten Verhaltensweisen Abstand nehmen."

„Also nicht mehr quälen und anschließend grillen?"

„Genau."

„Wieso denn? Wir sind schließlich Dämonen."

„Sprich nur für dich, ich bin der Chef der Dämonen."

„Okay, Chef. Wieso kein altes Verhaltensmuster mehr? Ich bin immer für die Erhaltung der Tradition."

„Du bist doch erst 18 Jahre alt."

„Mit18 Jahren darf man schon mal traditionsbewusst sein."

„Na, meinetwegen."

„Also, wieso keine Tradition mehr?"

„Ich kann kein Blut mehr sehen, außerdem bin ich Vegetarier geworden."

„Ich kann Blut sehen, außerdem liebe ich gegrilltes Fleisch."

„Der Adventist wird nicht gegrillt und nicht gequält!"

„Ich bezahle auch die Quälsteuer."

„Hast du was an deinen Lauschlappen, junger Dämon?!"

„Ist ja gut, Chef. Ich füge mich deiner überragenden Anweisung."

„Und ich werde auch nicht verarscht!"

„Das hast du gemerkt?"

„Denkst du, du bist der einzige intelligente, gefallene Engel hier, Hans?!"

„Bist du sauer, Chef?"

„Du sollst mich einfach nur nicht verarschen!"

„Ich dachte, weil du schon so alt bist, würdest du es nicht merken."

„Ach ja? Der Alte ist schon 6000 Jahre alt, also kann man den auch mal hochnehmen?"

„Hoch? In den Himmel?"

„Du hast mich schon wieder verarscht."

„Das hast du jetzt aber leise gesagt."

„Was bedeutet das für dich?"

„Wenn die anfängst, leise zu reden, dann sollten alle in Deckung gehen."

„Kluger Dämon."

„Aber, Chef.“

„Was ist denn noch?“

„Ich bin 18 Jahre alt.“

„Das weiß ich.“

„Und von einem 18jährigen erwartet man eine gewisse Respektlosigkeit. Ich wollte dir mit meiner Verarscherei dir deutlich machen, dass ich mich ganz normal entwickele, Chef.“

„Das habe ich verstanden, und jetzt mach' dich vom Acker, Dämon.“

„Darf ich noch eine kleine Verarscherei an den Mann, äh, Teufel bringen?“

„Nein, gehe einfach.“

„Aber du hast was, Chef.“, sagte Hans.

Da fiel es Hans ein.

„Jetzt weiß ich, was du hast, Chef.“

„Und was habe ich?“

„Du nicht, aber Hel.“

„Erinnere mich nicht daran. Gehe einfach.“

„Ne, ich bleibe.“

„Boah.“

„Ich verarsche dich auch nicht, Chef.“

„Na, meinetwegen."

„Wird ein liebes Kind werden, Chef."

„Aber irgendwann ist es 18 Jahre alt."

„Was willst du mir denn damit sagen?"

„Na ja, es wird mich dann genauso verarschen, wie du."

„Erziehe es in christlicher Glaubensfurcht, dann wird schon nichts schief gehen, Chef."

„Hä, was?"

„Christliche Glaubensfurcht. Noch nie gehört?"

„Ich bin umfassend gebildet, ich kenne diesen Begriff. Aber vergiss bitte nicht, wer ich bin."

„Ach ja, der Chef der unteren Fraktion."

„Dann erziehe es wenigstens in höllischer Disziplin."

„Wieso habe ich dich eigentlich nicht in höllischer Disziplin erzogen, Hans?"

„Hast du, Chef."

„Und wieso ist daraus nichts geworden?"

„Weil ich ein bisschen intelligenter bin, als du."

„Boah, die Jugend von heute!", schimpfte Lu.

„Mach' dir nichts daraus, Chef. Die Jugendlichen auf der Erde sind genau so."

„Das klang jetzt ernst."

„War auch ernst gemeint, Chef."

„Willste noch einen Tee, Hans?"

„Ich bin 18 Jahre alt, ich trinke doch keinen Tee."

„Was trinkt man denn als 18jähriger Dämon?"

„Bier."

„Bier?"

„Klar, mit 18 Jahren darf man das."

„Das gilt aber für die Menschen."

„Nicht für unsereins?"

„Muss ich mir noch überlegen. Ich will ja nicht, dass du auf Abwege kommst."

„Chef?"

„Was?"

„Ich bin in der Hölle. Weiter auf Abwege kann man nicht kommen."

„Stimmt auch wieder. Warte, ich mache dir einen Tee."

„Ich muss jetzt wirklich gehen, Chef."

„Ich werde den Tee mit einer Spezialität anreichern."

„Was dann für eine Spezialität?"

„Guter schottischer Whiskey."

„Ich wusste es, du bist der Teufel."

23

„Seid ihr wieder nüchtern?", fragte Lu in die Runde der Selbsthilfegruppe für Götter.

„Ja., leider.", sagte Zeus.

„Hast du dir einen Job besorgt, Zeus?"

„Ja."

„Was für ein Job ist das?"

„Ich muss Teller waschen."

„In der Küche?"

„Wo denn sonst?"

„Bist du genervt?"

„Verarschst du mich, Lu?"

„Nur ein kleines bisschen. Ich bin schließlich der Teufel, und es macht mir einen Heidenspaß, mal einen Gott zu verarschen."

„Es sei dir gegönnt, Lu.", sagte Zeus.

Lu traute seinen Ohren nicht.

„Du gönnst mir das, Zeus?“, fragte Lu.

„Ja, klar. Ich als super toller und überragender Gott habe gerade meine Gönnerlaune.“, sagte Zeus.

„Respekt.“

„Wie? Respekt?“

„Dass du dich so relativieren und über dich lachen kannst, Zeus! Bravo!“

„Danke, Lu.“, sagte Zeus ein wenig lächelnd.

„Wo ist eigentlich Odin?“

„Der ist in der Stahlbox.“, sagte Cernunnos.

„Freiwillig?!“, fragte Lu.

„Der Pfleger sagte, das sei eine Angstattacke gewesen.“

„Odin hatte eine Angstattacke?“

„Ja, anscheinend. Der Pfleger musste ihm eine Plastiktüte über den Kopf ziehen.“

„Dann hatte er hyperventiliert. Wieso hat mir das niemand gesagt?“

„Das war echt heftig gewesen, Lu. Der Pfleger musste ihm 28 Spritzen geben, bis er sich beruhigt hatte. Danach hatte keiner mehr wirklich Lust gehabt..."

„Schon gut, ich verstehe.", sagte Lu, „Ich denke, ich werde nach der Gruppe Odin mal besuchen."

„Ich hatte noch niemals jemanden gesehen, der so fertig war, Lu.", sagte Cernunnos.

„Na, das kriegen wir schon hin. Wir befinden uns schließlich in der Hölle. Ein *geht nicht*, gibt es nicht."

„Ich bewundere deinen Optimismus, Lu."

„Anders geht es eben nicht, Jungs. Positiv denken und nicht nur pennen. - Buddha!!!"

„Was?", sagte Buddha mit weit aufgerissenen Augen.

Buddha war wach.

„Na, endlich.", sagte Lu.

„Was ist denn los? Gerade war mir so, als haben sich die Pforten der Hölle geöffnet, und es war, als wollten sie mich verschlingen."

„Das entspricht der Wirklichkeit nahezu.", sagte Lu.

„Wieso? Ist hier ein Höllenhund?"

„Nein, ich bin es nur."

„Ah, Lu. Wie wohltuend. Ich muss schlecht geträumt haben."

„Nein, du hast nicht schlecht geträumt, mein Lieber. Aber es wäre schön, wenn du dich an der Selbsthilfegruppe ein wenig beteiligen würdest."

„Tut mir auch leid, dass ich immer schlafe. Aber es ist hier so schön temperiert."

„Wir heizen mit Atomenergie."

„Ist das saubere Energie?"

„Wir befinden uns in der Hölle, da nehmen wir alles, was von oben kommt. Uran, Mörder, Diktatoren und ein paar Götter."

Und schon war Buddha wieder eingeschlafen.

„Wie macht der das?", fragte Zeus.

„Er ist halt nicht so ein Hitzkopf wie du, Zeus.", sagte Lu.

Der Blitze schießende griechische Obergott sagte nichts. Ihm war klar, dass Lu Recht hatte. Und er musste jetzt Teller waschen, um die neue Tür von Lus Büro bezahlen zu können.

„Aber wie ich eben fest gestellt habe, machst du Fortschritte, Zeus.", sagte Lu.

Zeus sagte nichts, er lächelte Lu nur an. Lu lächelte zurück.

„So, wer ist jetzt dran? Cernunnos?“

„Ja, okay. Ich bin wieder nüchtern. Die letzte Woche war für mich recht anstrengend.“, sagte Cernunnos.

„Inwiefern?“, fragte Lu.

„Habt ihr hier in der Hölle vielleicht Papier und Stifte?“

„Willst du malen?“

„Ja, bitte!“, bat der keltische Gott der Liebe und der Fruchtbarkeit.

„Malen?“

„Ja!“

„Wir machen hier eigentlich anständige Psychotherapie und nicht so einen Malquatsch.“

„Aber es wäre für mich sehr wichtig.“, flehte Cernunnos.

„Wieso war die letzte Woche anstrengend für dich, Cernunnos? Hast du Probleme mit deinem Zimmerkollegen?“

„Mit Gott?“

„Ja, den meine ich.“

„Mit dem doch nicht.“

„Was ist denn dann los?“

„Ich vermisse meine Wälder und meine Wiesen."

Lu guckte.

„Ach, bist du so ein Naturbursche?"

„Ich bin ein keltischer Gott. Und was lieben die Kelten?"

„Keine Ahnung."

„Du solltest mal ein Buch lesen, Lu!"

„Ich habe schon dutzende Bücher gelesen."

„Über was?"

„Über Gesprächstherapie, über Psychoanalyse, die Gesamtwerke von Adler, Freud und Jung, über Psychosomatik."

„Das war es schon?"

„Und alle Bücher von E.A.Poe und Franz Kafka."

„Noch was?"

„Ach ja, stimmt. *Die Welt als Wille und Vorstellung* von Arthur Schopenhauer, *Der Wille zur Macht* von Friedrich Nietzsche, *Also sprach Zarathustra* von demselben Autor. *Blumen des Bösen* von Charles Baudelaire,..."

„Das passt zu dir."

„Ich bin ja schließlich der Teufel.“

„Aber das klingt alles so intellektuell und verkopft.“

„Ja, und?“

„Lies mal ein Buch über die Natur, über Wälder und Wiesen und Felder.“

„Was für eine Natur? Ich komme hier selten raus.“

„Also, was lieben die Kelten?“

„Die Natur?“

„Genau!“

„Und die vermisst du?“

„Genau!“

„Und deswegen war die letzte Woche für dich anstrengend?“

„Ja.“

„Verstehe ich nicht.“

„Das verstehe ich.“

„Hä?“

„Könnten wir mal einen Ausflug in die Natur machen?“, fragte Cernunnos.

„Mit dieser Gruppe?“

„Ja."

„Wird schwierig. Odin ist mit einer Angstneurose in der Stahlbox, Zeus muss arbeiten, und ich gehe mal davon aus, das niemand Buddha tragen möchte. Sieht schlecht aus, keltischer Gott."

„Bekomme ich dann Papier und Stifte?"

„Das kostet Geld."

„Du bist doch der Teufel."

„Was soll das denn heißen?"

„Na, dass du reich bist."

„Reich an verlorenen Seelen, ja, aber ich bekomme Sozialhilfe, schon vergessen?"

„Ach ja, stimmt. Mist, dann muss ich ja arbeiten gehen."

„Ne, gehe lieber nicht arbeiten."

„Wieso das denn nicht?"

„Das ist ein Privileg der Menschen."

„Aber Zeus geht arbeiten!"

„Er kommt aus der Provinz."

„Was soll das denn schon wieder heißen?", fragte Zeus erbost.

„Kommst du aus der Provinz oder nicht?", fragte Lu Zeus.

„Du unterdrückst uns, Lu!“, meldete Zeus an.

„Wer hat denn meine Bürotür kaputt gemacht?“

„Ich war das nicht!“

„Du lügst!“

„Das ist jetzt aber ein schweres Geschütz, dass du auffährst, Lu. Du bezichtigst einen Gott der Lüge?“

„Hast du meine Bürotür kaputt gemacht?“

„Nein.“

„Okay, dann entschuldige bitte.“

„Entschuldigung angenommen.“

Da nahm Lu sein Smartphone heraus.

„Komme mal eben zu mir, Zeus.“, bat Lu.

„Wieso? Was ist denn?“

„Ich will dir gerade mal einen Film zeigen.“

„Was denn für einen Film?“

„Man sagt doch, der Teufel ist der Vater der Lüge, nicht wahr?“

„Ja, das sagt man so. Aber was willst du mir damit sagen?“

„Komme einfach her und schaue.“, sagte Lu.

Zeus ging zu Lu, und dieser ließ das Video auf seinem Smartphone abspielen. Auf dem sah man, wie Zeus durch einige Blitze die Bürotür Lus zerstörte. Zeus wurde es komisch.

„Alles okay, Zeus?“

Zeus sagte nichts.

„Setze dich wieder auf deinen Platz, Gott aus der Provinz.“

Zeus setzte sich wieder.

„Krishna?“, sagte Lu.

„Ja?“

„Komme mal, bitte.“

Krishna ging zu Lu. Der zeigte Krishna das Video auf dem Smartphone. Krishna schaute anschließend zu Zeus.

„Wieso guckst du so, Krishna?“, fragte Zeus.

„Das weißt du am besten, Zeus.“, sagte Krishna und ging wieder zurück zu seinem Platz.

„Du überwachst uns, Lu, überall sind Kameras!“, schimpfte Zeus.

„Noch ein Wort, Zeus, und ich verwandele dich in eine Bockwurst!“

„Das kannst du nicht, Teufel!“

Im nächsten Moment lag auf Zeus' Stuhl eine Bockwurst. Krishna und Cernunnos erschraken. Nur Gott nicht, und Buddha schlief.

„Lass die Jungs doch in Ruhe, Lu.“, sagte Gott.

„Ne, Papa, das geht nicht. Die machen was sie wollen. Denen muss man Grenzen setzen.“, sagte Lu.

„Und wer isst jetzt die Wurst?“, fragte Gott.

„Ich bin Vegetarier.“, sagte Lu.

„Ich auch.“, sagte Gott.

Und Buddha schlief.

24

Es vergingen einige Ewigkeiten in der Hölle. Das menschliche Zeitmaß konnte man nicht auf die Höllenmaßstäbe anwenden. Lu wurde Vater, und Hel wurde Mutter. Das Kind kam aus dem Schoß der Mutter heraus und sagte kein Wort. Es schlief.

„Scheiße.“, sagte Lu.

„Was ist denn?“, fragte Hel.

„Das Blag pennt.“

„Lass es doch in Ruhe.“

„Aber die schreien doch erst mal.“

„Die schreien deswegen, weil die einen Klaps auf den Po kriegen.“

Lu wandte sich an die Hebammendämonin.

„Wieso hast du dem Kind keinen Klaps auf den Po gegeben?“, fragte Lu.

„Gewalt ist keine Lösung.“, sagte die Hebammendämonin.

„Hä? Ich dachte immer, die kriegen deswegen einen Klaps auf den Po, damit sich die Lungen weiten und dass das Kind atmen kann.“

„Das geht auch anders, Herr aller Unterwelten.“, sagte die Hebammendämonin.

„Ohne Klaps?"

„Ohne Klaps."

„Aber ich aber Angst."

„Wovor, Herr aller Unterwelten?", fragte die Hebamme.

„Dass mein Kind zum Buddhist wird."

„Es kann nicht zum Buddhisten werden, Herr aller Unterwelten."

„Wieso?"

„Es kann höchstens zur Buddhistin werden."

„Was meinst du damit?"

„Bekommst du zum ersten Mal ein Kind, Herr aller Unterwelten?"

„Was meinst du damit?"

„Schaue mal auf das Geschlecht."

„Ich sehe nichts."

„Siehst du?"

„Ich verstehe kein Wort."

„Gehe nach Hause, Herr aller Unterwelten und trinke einen Beruhigungstee."

„Wer sagt das?"

„Die Fachfrau."

„Muss ich jetzt auf dich hören?“

„Habt ihr schon einen Namen für das Mädchen?“

„Rosemarie.“

„Ich kenne den Film.“

„Das ist kein Film, das ist mein Kind.“

„Es ist eine Tochter.“

„Ich habe eine Tochter?“

„Hast du das gerade nicht gesehen?“

„Ich hatte nichts gesehen.“

„Das meinte ich damit.“

„Ich verstehe kein Wort.“

„Das ist normal bei frischen Vätern.“

„Was hast du gesagt?“

„Bist du auch noch schwerhörig, Chef?“

„Hör' mal, ich bin schon 6000 Jahre alt.“

„Du siehst aber älter aus.“

„Oh, liebsten Dank.“

„Ach, gern geschehen, Chef.“

„Noch so ein Wort, und ich kündige dir.“

„Du kannst mir nicht kündigen.“

„Wieso?“

„Ich bin eine Dämonin, schon vergessen?“

„Und wieso läufst du dann hier in Strapse und BH 'rum?“

„Anordnung vom Chef, schon vergessen?“

„Hatte ich das wirklich gesagt?“

„Nein, geschrieben, per Rundbrief.“

„Kann ich mich nicht erinnern.“

„Ist auch schon lange her.“

„Willst du damit sagen, dass ich vergesslich bin?“

„Du bist der Teufel, du kannst dir alles erlauben.“

„Stimmt. Kann ich mal meine Tochter auf den Arm nehmen?“

„Sie heißt Rosemarie.“

„Boah, Hebamme, du nervst mich.“

„Jetzt sprich' richtig.“

„Ich explodiere gleich!“

„Nicht so laut, Rosemarie schläft.“

„Darf ich denn mal Rosemarie auf den Arm nehmen?“, flüsterte Lu.

„So ist es fein. Aber das geht jetzt nicht, ich muss sie noch waschen."

„Boah, Hebamme!"

„Das war zu laut."

Lu wurde noch roter als er schon war, aber er riss sich zusammen. Und er wartete. Dann war die Hebammendämonin mit dem Waschen fertig und legte Rosemarie, die in eine Decke gehüllt war, in Lus Arme. Lu Teufel strahlte vor Glück.

„Na, mein Schatz? Na, mein Schatz? Geht es dir auch gut?", fragte Lu seine Rosemarie.

„Ja, mir geht es gut, Papa.", sagte Rosemarie.

Fast hätte Lu seine Tochter fallen gelassen.

„Du kannst Deutsch?", fragte Lu irritiert.

„Nein, das war Höllisch. Aber das müsstest du eigentlich wissen, Papa."

„Du weißt, wer ich bin?"

„Jeder weiß, wer du bist, Papa."

„Weißt du auch, wo du dich befindest?"

„In der Hölle."

„Wie gefällt es dir hier?"

„Ist angenehm temperiert."

„Wir heizen mit Kernenergie."

„Du solltest auf Wind- und Sonnenenergie umsteigen, Papa."

„Wer sagt das?"

„Rosemarie."

„Du weißt, wie du heißt?"

„Ich bin zwar erst eine viertel Stunde in der Hölle, aber ich bin nicht blöd."

„Dann sage mir doch mal diese eine Formel von Einstein."

„$E = mc^2$."

„Wie viele Sinfonien hat Beethoven komponiert?"

„Du hast *Ludwig van* vergessen, Papa."

„'Tschuldigung, also, wie viele Sinfonien hat Ludwig van Beethoven komponiert."

„Neun."

„Wie viele Sinfonien hat Gustav Mahler komponiert?"

„Schön, dass du den Vornamen diesmal genannt hast."

„Also, wie viele?"

„Neun, dazu noch ein Fragment der zehnten Sinfonie. Das wird gemeinhin als Adagio gehandelt. Es ist der erste Satz."

„Wie viele Sinfonien hat Anton Bruckner geschrieben?"

„Neun. Die neunte hat er Gott gewidmet. Diese Sinfonie ist unvollendet. Bruckner schrieb auch ein Te deum. Das ist ein Werk für Soli, Chor und Orchester."

„Wie heißt das dichterische Hauptwerk Charles Baudelaires?"

„*Blumen des Bösen*."

„Wer war Dimitri Shostakowitch?"

„Ein bedeutender russischer Sinfoniker des 20. Jahrhunderts."

„Nenne mir bitte zwei Werke von Friedrich Nietzsche und die dazu gehörige philosophische Richtung."

„*Also sprach Zarathustra* und *Der Wille zur Macht*. Bei der philosophischen Richtung handelt es sich um den Nihilismus. Die Skagerrakschlacht fand vom 31. Mai bis zum 1. Juni 1916 statt."

„Woher wusstest du, dass ich dich als nächstes nach der Schlacht am Skagerrak fragen wollte?"

„Ich bin deine Tochter, Papa."

„Wie alt bist du jetzt?“

„Ich denke mal 20 Minuten. Was soll das hier werden, Papa? Ein Examen?“

„Ich will dich nur auf das Leben vorbereiten.“

„Wieso hast du eigentlich so größer Hörner?“

„Was?“

„Wieso hast du eigentlich so rote Haut?“

„Wie bitte?“

„Wieso hast du eigentlich Hufe?“

„Die siehst du?“

„Papa?“

„Was?“

„Ich brauche noch keine Brille.“

„Was brauchst du dann?“

„BAföG.“

„BAföG?“

„Hast du was an deinen Lauschlappen, Papa?“

„Wozu brauchst du denn BAföG?“

„Ich will mal studieren.“

„Jetzt schon?“

„Nein, in zwei Jahren.“

„Dann wirst du zwei Jahre und zwanzig Minuten alt sein."

„Gut gerechnet, Papa."

„Ist das nicht ein bisschen früh?"

„Papa?"

„Was?"

„Kümmere dich um deine Arbeit, Papa. Ich kümmere mich um meine."

„Was willst du denn studieren?"

„Weiß ich noch nicht."

„Vielleicht Psychologie?"

„Papa?"

„Was?"

„Ich muss doch jetzt nicht unbedingt in deine Fußstapfen treten oder?"

„Aber ich habe das mir hier aufgebaut, und es würde mich freuen, wenn du das Familienunternehmen weiter führen würdest."

„Papa?"

„Was?"

„Ich bin nach meiner Zeitrechnung gerade mal 23 Minuten alt. Ich möchte jetzt gerne schlafen."

„Ich habe es gewusst, du bist eine Buddhistin."

„Was ist denn das schon wieder?"

„Da wird viel geschlafen. Aber, um es positiv auszudrücken, als Buddhistin hat man den Frieden in sich."

„Ab sofort bin ich Buddhistin."

„Ich habe es gewusst."

„Gute Nacht, Papa."

Lu sagte nichts.

„Gute Nacht, Papa!"

„Ist ja, gut."

„Das heißt *gute Nacht, Rosemarie*!"

„Gute Nacht, Rosemarie."

„So ist es fein. Und beantrage schon mal BAföG."

„Für welchen Studiengang?"

„Literaturwissenschaften."

„In welcher Sprache?"

„Natürlich in Höllisch."

„Und ich dachte schon, du bist aus der Art geschlagen."

„Papa?"

„Was?“

„Trinke einen Beruhigungstee.“

„Hatte die Hebamme auch gesagt.“

„Dann höre mal auf die Fachfrau.“

„Aber wie soll ich mir denn jetzt einen Tee machen, wenn ich dich auf dem Arm habe?“

„Papa?“

„Ja, Rosemarie?“

„Du verhälst dich wie ein frisch gewordener Vater.“

„Danke, Rosemarie. Das tut mir gut.“

„Ich wollte damit nur gesagt haben, dass du keinen Plan hast.“

„Ja, das stimmt. Das gebe ich zu.“

„Papa?“

„Ja?“

„Ich hab' dich lieb.“

„Ich hab' dich auch lieb, aber du kannst doch eigentlich noch gar nicht sprechen.“

„Kann ich jetzt endlich schlafen?“

„Ja, Buddhistin.“

„Das heißt *Rosemarie*.“

„Gute Nacht, Rosemarie."

„Gute Nacht, Papa."

„Das heißt *gute Nacht, Herr aller Unterwelten*."

„Gute Nacht, Papa."

Lu sagte nichts, er schaute nur auf seine Tochter, die ihren Augen schloss. Dann war ihm klar, dass er ein Papa war. Und das war eines der schönsten Gefühle überhaupt.

25

Am nächsten Morgen wachte Lu auf und ging in die Küche. Da saß am Küchentisch eine junge Frau. Sie war wunderschön und trank Kaffee und rauchte eine Zigarette.

„Sind Sie hier richtig?", fragte Lu.

„Guten Morgen, Papa. Du kannst ruhig *Rosemarie* zu mir sagen."

„Rosemarie?"

„Ja. Wie hast du geschlafen?"

„Wieso bist du Rosemarie?"

„Was meinst du?"

„Na ja, gestern warst du noch ein kleines süßes Baby, heute bist du schon eine junge Frau."

„Ich bin halt frühreif.“

„Ach ja.“

„Habt ihr keine Tageszeitung?“

„Ne, kann ich mir nicht leisten.“

„Wieso?“

„Wir bekommen Sozialhilfe. Aber warte, ich schaue mal eben in den Briefkasten.“, sagte Lu und ging zum Briefkasten.

Rosemarie wartete. Papa Lu kam zurück mit dem *Kurier für gefallene Engel*.

„Hier, bitte, Schatz. Ich habe doch was zum lesen.“, sagte Lu und gab seiner Tochter die regionale Zeitung.

Rosie nahm die Zeitung und las.

„Kurier für gefallene Engel.“

„Genau.“

„Ich denke, ihr bekommt Sozialhilfe.“

„Dieses Blatt kriegt man so.“

„Ach so, okay.“, sagte Rosy und gab die Zeitung wieder zurück.

„Nicht lesen?“

„Ich bin kein gefallener Engel, Papa.“

„Aber dein Papa ist ein gefallener Engel."

„Und meine Mutter ist eine Göttin."

„Und was bist du dann?"

„Natürlich eine Göttin, ich komme auf Mama."

„Hälst dich wohl für was Besseres oder wie?"

„Ich bin was Besseres."

„Das klingt nach deinem Vater."

„Bist du denn was Besseres, Papa?"

„Na, höre mal, ich bin der Herr aller Unterwelten, Liebchen."

„Das war süß.", lächelte Rosy.

„Was war süß?", fragte Papa Lu.

„Wie du *Liebchen* gesagt hast."

„Du bist eben mein Liebchen."

„Und du der beste Herr aller Unterwelten."

Die beiden lächelten sich an und nahmen sich in die Arme. So war der zweite Tag von Tochter und Papa auch geritzt.

„Was hälst du davon, wenn ich dir deinen Großvater verstelle, Rosy?"

„Hast du *Rosy* gesagt?", fragte Rosy.

„Ja, habe ich wohl."

„Du bist so süß, Papa! Knuddeln!“

Die beiden knuddelten noch mal.

„Wer ist denn mein Opi?“

„Man nennt ihn Gott.“

„Ach der Liebe, dem man immer Sachen in die Schuhe schiebt?“

„Genau der.“

„Oh, fein! Aber erst muss ich shoppen gehen, Papa.“

„Wieso?“

„Junge Frauen müssen eben shoppen gehen, ich will ja nicht in zerfledderten Klamotten Opi besuchen.“

„Was meinste damit?“

„Sozialhilfe und so. Kapiert?“

„Kapiert. Warte, ich habe noch was von den Banken.“

„Du hast noch Geld?“

„Ja, aber bitte nicht weiter sagen. Das Sozialamt muss ja nicht alles erfahren.“

„Du betrügst das Sozialamt?“

„Ich bin schließlich der Teufel, ich muss an meinen Ruf denken.“

„Du bist der beste Teufel der Welt, Papa!"

„Obwohl, ich habe etwas nach gelassen, ich bin anscheinend schon in die Jahre gekommen."

„Inwiefern?"

„Ich tue ziemlich viel Gutes."

„Achte auf deinen Ruf, Papa."

„Ich denke, aus dieser Geschichte komme ich nicht mehr raus."

„Welche Geschichte?"

„Na ja, die mit der Psychotherapie in der Hölle."

„Da gebe ich dir Recht. Daraus wirst du auch nicht mehr raus kommen. Du hast ein sehr großes Herz, Papa."

„Ist das jetzt ein Kompliment?"

„Gegeben von einer Göttin."

„Und die braucht was zum Anziehen."

„Kommst du mit?"

„Mit Vergnügen."

26

Lu klopfte an die Tür von Cernunnos und Gott. Es rührte sich nichts, man hörte nur, dass irgendetwas Heftiges drinnen geschah. Lu klopfte noch mal. Da explodierte die Tür. Lu sah die zerstörte Tür und suchte nach Zeus. Der war aber nicht in Sichtweite. Lu ging in das Zimmer. In dem sah es aus wie in Stalingrad. Und zwar im Stalingrad der sechsten Armee. Gott und Cernunnos schauten erschrocken zu Lu.

„Was macht ihr denn hier?“, fragte Lu.

„Wir spielen Krieg.“, sagte Gott.

„Krieg?“

„Warte.“, sagte Gott mit spitzbübischem Grinsen.

Dann schoss Gott mit dem deutschen MG 42 auf Lu. Der schaute auf seinen makellosen Körper mit roter Haut. Er entdeckte Löcher. Nach zwei Sekunden waren die Wunden wieder verheilt.

„Aua.“, sagte Lu.

„Sorry, war Absicht.“, sagte Gott.

„Du hast mich durchlöchert, Papa.“

„Du hast ja keine Ahnung, was es für einen Spaß macht, Krieg zu spielen, Lu.“

„Biste noch besoffen, Papa?“, fragte Lu.

„Was? Mein Opi ist Alkoholiker?“, fragte Rosy.

„Kein Angst, Schatz, dein Opi ist in einer Selbsthilfegruppe. Kann nichts passieren.“, sagte Lu zu Rosy.

„Wer ist denn das bezaubernde Mädchen da?“, fragte Gott.

„Das ist Rosemarie Teufel.“, sagte Lu.

„Ist die vom Teufel?“

„Ja, Papa.“

„Oh, ein Kind des Satans.“

„So ist es.“

„So sieht sie auch aus, absolut verführerisch. Aber ihr fehlen die Hörner.“

„Sie schlägt ein bisschen aus der Art, Papa.“, sagte Lu.

„Wieso? Hält sie sich für was Besseres?“, fragte Gott.

„Sie hält sich für eine Göttin.“

„Sie ist auch eine Göttin.“, sagte Gott.

„Und du bist mein Opi?“, fragte Rosy etwas zaghaft.

„Komm' an mein Herz.“, sagte Gott und öffnete seine Arme.

Während Rosy durch das Zimmer ging, liefen ihr Tränen die Wangen herunter. Dann erreichte sie Gott.

„Herzlich willkommen, mein Schatz.“, sagte Gott und schloss seine Enkelin in die Arme.

Cernunnos lächelte, Lu lächelte. Das war ein Sternmoment in der Hölle, neben all' den anderen Sternmomenten in der unteren Fraktion.

27

„So, herzlich willkommen zur heutigen Sitzung.“, sagte Hans.

„Wo sind eigentlich Yussuf und Achmed?“, fragte der Adventist.

„Die haben wir raus genommen.“, sagte Hans.

„Schade.“, sagte der Adventist.

„Wieso schade?“

„Ich mochte die beiden.“

„Du mochtest die beiden?“

„Ja.“

„Jetzt echt?“

„Ja."

„Wieso?"

„Weiß ich auch nicht, ich hatte mich an die beiden gewöhnt. Achmed war immer so lustig mit seinen Explosionen."

„Das mochtest du?"

„Ja, war immer spaßig."

Hans traute seinen Ohren nicht. Er beschloss nachzufragen.

„Und wie denkst du über deren Radikalismus?"

„Die sind radikal?"

„Ja, beides sind radikale Islamisten."

„Das ist nicht gut. Man sollte mehr auf die Liebe Jesu hören."

„Das sagst du?"

„Ja, das sage ich. Ich weiß, dass ich viel Blödsinn geredet habe. Ich war etwas borniert gewesen."

„Du hattest wirklich viel Blödsinn geredet. Vor allen Dingen hattest du nicht zugehört."

„Ja, das stimmt."

„Das sagst du jetzt einfach so?"

„Ich weiß nicht, nach den Explosionen fühle ich mich viel besser."

„Wie hattest du dich denn vorher gefühlt?"

„Ich weiß nicht, da war immer so ein Druck in mir gewesen."

„Was für ein Druck."

„Na, dass ich Gott gerecht sein muss und heilig sein muss und keine Sünde tun darf, so was."

„Du empfandest das als Druck?"

„Ja."

„Und jetzt ist der Druck weg?"

„Ja. Achmed hat den quasi weg gesprengt."

„Ach ja."

„Ich bin sehr dankbar dafür, ich denke, ich sehe jetzt wieder klar."

„Nehme ich zur Kenntnis.", sagte Hans.

„Du traust mir nicht so ganz?", fragte der Adventist.

„Na, was du hier für eine Show abgeliefert hattest."

Der Adventist sagte nichts, es schien, dass er betroffen war.

„Aber schön, dass ein Anfang gemacht ist.“, munterte Hans den Adventisten auf.

Ein wenig verlegen lächelte der Adventist.

„Kann denn Achmed wieder in die Gruppe kommen?“, fragte der Adventist.

„Wie heißt du eigentlich?“, fragte Hans.

„Ich heiße Herbert.“

„Herzlich willkommen, Herbert.“

„Danke, Hans.“

„So, der nächste, bitte.“

„Was ist denn jetzt mit Achmed?“, fragte Herbert.

„Darüber reden wir später. Jetzt ist Gerd dran. Vorausgesetzt, Gerd will was sagen.“, sagte Hans.

„Ich weiß nicht.“, begann Gerd.

„Was weißt du nicht, Gerd?“, fragte Hans.

„Habt ihr in der Hölle eine Druckerei?“, fragte Gerd.

„Ich wollte eigentlich nur wissen, wie es dir geht und wie die letzte Woche war.“

„Das hängt damit zusammen.“

„Okay. Dann erzähle mal.“

„Mir geht es nicht gut. Aber wenn ihr eine Druckerei habt und den *Wachturm* drucken würdet, dann würde es mir viel besser gehen."

„Wir verfügen über eine Druckerei, die Hölle ist ausgebaut, mit allen Raffinessen, aber wir werden ganz bestimmt nicht den *Wachturm* drucken."

„Und wieso nicht?"

„Okay, das habe ich verstanden. Bei der nächsten Sitzung wird Achmed wieder dabei sein."

„Wunderbar!", freute sich der Adventist.

„Ich verstehe das nicht.", sagte Gerd.

„Hauptsache, ich verstehe es.", sagte Hans, „So, der nächste, bitte."

„Bin ich dran?", fragte der Nächste.

„Ja, du bist dran."

„Schalom. Ich bin David, ich bin Jude. Und ich bin aus irgendeinem Grund zu dieser Gruppe zugefügt worden.", sagte David.

„Weißt du auch, aus welchem Grund, David?"

„Ja.", sagte der Jude David.

„Dann nenne bitte den Grund."

„Man wirft mir vor, dass ich gesetzlich bin."

„Danke, dass du den Mut gehabt hast, das zu sagen."

David schien irritiert, er schaute zu Hans.

„Was ist, David?", fragte Hans.

„Ich verstehe das nicht."

„Was verstehst du nicht?"

„Wieso bist du so nett zu uns?"

„Das ist jetzt nicht wirklich persönlich gemeint, ich mache nur meinen Job.", erklärte Hans.

„Ich glaube dir kein Wort.", sagte Herbert.

„Nicht?"

„Auf keinen Fall! Du hattest mich eben herzlich willkommen geheißen! Und das meintest du ernst, das hatte ich gespürt!"

„Du hattest gespürt?"

„Ja!"

28

„Was macht die neue Konfiguration deiner Gruppe, Hans?“, fragte Lu.

„Ich weiß auch nicht.“, sagte Hans.

„Was weißt du nicht?“

„Die verändern sich.“

„Das klingt doch gut. Wieso machst du dann so ein komisches Gesicht?“

„Ich mache ein komisches Gesicht?“

„Ja!“

„Hm, hängt vielleicht damit zusammen, dass ich damit nicht gerechnet habe.“

„Lieber Hans, in der Hölle musst du mit allem rechnen.“

„Scheint wohl so zu sein.“

„Hans?“

„Was, Chef?“

„Ich habe das Gefühl, du machst eine sehr gute Arbeit.“

Hans traute seinen Ohren nicht.

„Wirklich, Chef?“

„Ja, das denke ich.“

„Aber es gibt ein Problem."

„Welches?"

„Der Adventist möchte gerne, dass Achmed wieder dabei ist."

„Jetzt echt?"

„Ja."

„Das geht aber gar nicht."

„Nicht?"

„Wer soll das denn immer bezahlen?"

„Es scheint, dass Herbert Achmed mag."

„Wer ist Herbert?"

„Der Adventist."

„Der mag Achmed?"

„Ja."

„Wie das?"

„Achmed hatte ihm anscheinend den Tunnelblick aus dem Gehirn gesprengt."

„Achmed war das?"

„Ja, sieht so aus."

„Hm."

Lu überlegte.

„Und wenn Achmed wieder zündet?“, fragte Lu.

„Dann nehme ich alles auf meine Kappe, Chef.“

„Du gehst echt auf 's Ganze, Hans.“

„Ich mache nur meine Arbeit.“

„Und es scheint, du machst die wirklich gut.“

„Ich gebe mir Mühe.“

„Nein, du bist mit deinem Herzblut dabei, Hans.“

„Findest du?“

„Ja, finde ich. Respekt.“

Hans wurde noch roter im Gesicht, als er schon ohnehin war.

„Achmed darf wieder in deine Gruppe.“, sagte dann Lu.

„Danke, Chef!“

29

„Was macht die Arbeit?“, fragte Lu die Bockwurst.

Die Bockwurst antwortete nicht.

„Soll ich dich wieder zurück verwandeln, Bockwurst?“

Die Bockwurst sagte immer noch nichts. Sie war schließlich eine Bockwurst.

„Wie geht es dir, Bockwurst?“

Die Bockwurst schwieg.

„Darf ich die Bockwurst essen?“, fragte Cernunnos.

„Bist du nicht Vegetarier, so von wegen Naturliebe und so?“, fragte Lu.

„Ich habe Hunger.“

„Das ist ein Argument. Aber Moment mal, warst du nicht beim Abendbrot?“

„Doch. Aber man sagte, es gibt heute nichts.“

„Nichts?“

„Ja, nichts.“

„Wieso das denn?“

„Man sagte, die Teller seien noch alle dreckig, so konnte man nichts ausgeben.“

„Verstehe.“, sagte Lu.

Redepause.

„Hast du das gehört, Zeus?“, fragte Lu.

„Ja, ich habe das gehört.“, sagte Zeus.

Er war wieder da. Alle guckten. Zeus schaute sich selbst an.

„Das sieht nicht wie eine Bockwurst aus.“, meinte Zeus.

Er war erstaunt.

„Hast du mich wieder zurück verwandelt, Lu?“, fragte dann Zeus.

„Nein, das warst du selber.“, sagte Lu.

„Wie das?“

„Wenn ich sage, du bist eine Bockwurst, bist du dann wirklich eine Bockwurst?“

„Ich verstehe kein Wort.“

„Wisse immer, wer du bist. Vor allen Dingen, sei wahrhaftig. Also, lüge nicht.“

„Bekomme ich Senf?“

„Gehe erst mal Teller spülen. Die Leute haben Hunger.“

„Darf ich jetzt keine Blitze mehr schleudern?“

„Doch, darfst du. Aber bitte nicht mehr in besoffenem Zustand."

„Das habe ich verstanden."

„Der nächste, bitte."

Der nächste war Gott.

„Ich bin überglücklich!", strahlte Gott.

„Was ist denn passiert?", fragte Lu.

„Das fragst du noch?"

„Ich weiß, worum es geht, aber sage es bitte den anderen."

„Ich bin Großvater geworden!", sagte Gott freudig.

Es kamen Glückwünsche von allen anwesenden Göttern. Gott bedankte sich mit einem strahlenden Lächeln. Dann hakte Lu nach.

„Und wie sieht es mit dem Rest der Familie aus?", fragte Lu.

„Was meinst du?", fragte Gott.

„Du weißt, was ich meine."

Da trat jemand in den Gruppenraum. Es war Thor.

„Entschuldigt bitte die Verspätung.", sagte Thor.

„Was war?“, fragte Lu.

„Ich hatte die Zeit vergessen.“

„Du hattest den Zenit am Tresen?“

„Ich habe nichts getrunken.“

„Noch nicht mal Met?“

„Nur eine Flasche.“

„Hast du was gegessen?“

„Nur ein gebratenes Wildschwein.“

„Auf einem Teller?“

„Nein, auf der Hand. Man sagte, die Teller seien in einem nicht respektablen Zustand.“

„Verstehe. Dann setze dich und lausche der Weisheit der Götter.“

„Und der des Teufels.“, grinste Thor.

„Ich habe keine Weisheit.“

„Wieso?“

„Ich habe noch beide Augen.“

Thor guckte zu Lu, dann lachte Thor laut. Buddha erwachte.

„Was? Bin ich schon im Nirwana?“, fragte Buddha.

„Nein, du bist in der Hölle.“, sagte Lu.

„Dann kann ich ja beruhigt weiter schlafen.“, sagte Buddha und schlief wieder ein.

„Wer ist denn das?“, fragte Thor.

„Das ist Buddha, er hat den Himmelsfrieden in sich.“, erklärte Lu.

„Beneidenswert.“, sagte Thor.

„Wirst du jetzt zum Buddhisten?“, fragte Lu Thor.

„Möglicherweise.“

„Das darf nicht wahr sein.“, beschwerte sich Lu.

„Wieso? Was ist denn?“

„Es reicht mir schon, dass meine Tochter Buddhistin ist.“

„Du hast eine Tochter?“

„Ja, ich bin jetzt Vater.“

„Ist deine Tochter hübsch?“

„Sie ist wunderschön.“

„Darf ich sie kennenlernen?“

„Thor!“

„Was?“

„Das hier ist eine Selbsthilfegruppe und keine Heiratsvermittlung!“

„Wo wohnt denn deine Tochter, und wie heißt sie, und wie sind die Maße."

„Thor?"

„Was?"

„Du nervst mich!"

„Sollen wir mal in den Ring steigen, Papa?"

„Papa?"

„Ich übe mich schon mal als Schwiegersohn."

„Du gehst auf 's Ganze, kann das sein?"

„Na, höre mal. Ich schmiede das Eisen, solange es heiß glühend ist."

„Mit deinem Hammer?"

„Du hast es erfasst, Herr aller Unterwelten."

„Wunderbar. Aber vielleicht stellst du dich erst mal der Gruppe vor."

„Kein Problem. Ich bin der Gott Thor, ich komme aus dem Norden und bin der Schützer der Götter. Mein Hammer hier heißt Mjöllnir, er steht für Zerstörung, Fruchtbarkeit und Wiederbelebung. Mit dem ziehe ich den Riesen eins über.", sagte Thor.

Alle klatschten Beifall. Nur Lu nicht.

„Wieso habt ihr dem applaudiert?“, fragte Lu in die Runde.

„Es scheint, dass er ein Held ist.“, sagte Zeus.

„Natürlich ist er ein Held, aber er hat ein Problem.“, merkte Lu an.

„Und welches?“, fragte Zeus.

„Er hat eine zu große Klappe.“, erklärte Lu.

Das hatte Thor mitbekommen, und sein Blick verfinsterte sich.

„Was hast du gesagt?“, fragte Thor Lu mit grimmigem Blick.

„Ah, wie ich sehe, hast du nicht nur eine große Klappe, sondern du bist auch noch taub.“

„Taub?“

„Ich empfehle dir einen Besuch beim HNO, Thor.“

„Was ist denn das schon wieder, zum Teufel?“

„Meinst du mich?“

„Seitdem ich in der Hölle bin, reden alle nur vom Teufel!“

„Nervt dich das, Gott mit der großen Klappe?“

„Willst du dich mit mir anlegen?“

„Du befindest dich in einer Selbsthilfegruppe, Thor. Da wird gekämpft, zweifelsohne. Aber das machen wir nur mit Worten. Kriegst du das hin, Gott der großen Klappe, oder möchtest du gerne mit deinem Hammer drauf hauen?“

„Oh oh.“, warf Zeus ein.

Thor bemerkte das.

„Was soll das denn bedeuten?“, fragte Thor Zeus.

„Was?“, fragte Zeus.

„Na, dieses *oh oh*.“

„Finde es selbst heraus, Kollege.“, sagte Zeus.

Thor war unsicher.

„Ist das hier immer so?“, fragte Thor.

Niemand sagte etwas.

„Ihr irritiert mich.“, sagte Thor.

Niemand sagte etwas.

„Könnte mal vielleicht jemand etwas sagen?“, bat Thor.

„Wie fühlst du dich?“, fragte Lu Thor.

„Ich...“, begann Thor.

„Ja?“

„Ich..., also ich..."

„Ja?"

„Ach, ich weiß nicht."

„Was weißt du nicht?"

„Das ist mir zu blöd hier."

„Was ist dir zu blöd?"

„Na, dieses ganze Gequatsche."

„Du redest nicht viel?"

„Ich bin ein Gott! Ich brauche nicht reden!"

„Ouh, das war eine starke Emotion."

„Was ist denn jetzt schon wieder eine Emotion?"

„Was fühlst du, Thor?"

„Fühlen?"

„Ja, fühlen."

„Also, allen ernstes, Lu! Ich möchte dir gerne eins auf die Fresse geben!"

„Danke für deine Offenheit, Thor."

„Du hast *Thor* gesagt."

„Du bist doch Thor, oder nicht?"

„Weil du eben was mit großer Klappe gesagt hattest."

„Hatte ich das?"

„Bist du senil?"

„Höre mal, ich bin seit 6000 Jahren im Geschäft."

„So alt bist du schon?"

„Ist das jetzt ein Problem für dich?"

„Wieso gehst du nicht in Rente, alter Mann?"

„Woher kennst du den Begriff *Rente*?"

„Ich war mal in eurer Bibliothek."

„Und da hattest du gelesen?"

„War erst schwierig."

„Wieso?"

„Wegen der Buchstaben."

„Also, trotz der Buchstaben konntest du nicht lesen?"

„Du verarschst mich, Lu."

„Ich bin der Teufel, ich darf das. Bitte weiter."

Thor schaute Lu an. Er wusste nicht, was er von ihm halten sollte. Aber er fuhr fort.

„Na ja, ich war die Runen gewohnt. Die kannte ich. Aber mit diesen anderen Buchstaben konnte ich erst mal nichts anfangen."

„Und dann?"

„Na, dann lernte ich das lateinische Alphabet und las Texte."

„Zum Beispiel?"

„Zum Beispiel *Also sprach Zarathustra* von einem, der sich Friedrich Nietzsche nennt."

„Das hast du gelesen?!"

„Ja. War das ein Fehler?"

„Scheiße!"

„Wieso fluchst du, Lu?"

„Ich bin der Teufel, ich bin der einzige unter Gottes weitem Himmel, der fluchen darf!"

„Aber natürlich."

Lu schaute unzufrieden.

„Habe ich was Falsches gesagt, Herr aller Unterwelten?"

„Wieso wirst du jetzt so unterwürfig, Thor?"

„Ich weiß nicht. Ich weiß es ehrlich nicht."

„Hast du Angst vor mir?"

„So 'n bisschen schon.“

„Ich stelle dich morgen meiner Tochter vor.“

„Was?!“

„Halt die Klappe, Thor. Der nächste ist dran.“

„Du stellst mich deiner Tochter vor?!“

„Ich sagte, *der nächste ist dran*.“

„Aber natürlich, Herr aller Unterwelten.“

30

„Wie war dein Tag?“, fragte Hel Lu.

„Lass mich in Ruhe.“, sagte Lu.

„Oh, es wurmt dich etwas, und du kannst nichts dagegen machen. Und es ist so, dass du es willst.“

„Was?“

„Du hast mich doch gehört, oder musst du zum HNO?“

„Wo ist eigentlich Rosy?“

„Na, wo wohl?“

„In der Universität?“

„Nein.“

„In der Bibliothek?“

„Nein.“

„Baggert sie irgendwelche Dämonen an?“

„Nein.“

„In ihrem Zimmer?“

„Nein.“

„Wo zum Teufel ist sie dann?“

„Sage das nicht.“

„Was?“

„Na, das *zum Teufel*. Das klingt dann immer so, als wärst du selbstverliebt.“

„Sorry.“

„Schon gut. Sie ist bei ihrem Opi.“

„Bei Gott?“

„Ja, bei Gott, sie ist bei ihrem Opi.“

„Sie soll lieber studieren.“

„Was soll sie studieren?“

„Na, Literaturwissenschaften. Das wollte sie so.“

„Ich finde, sie sollte Model werden.“

„Findest du?“

„Hast du mal gesehen, wie wunderschön sie ist?“

„Sie trank Kaffee und rauchte.“

„Ist das eine Kritik?“

„Sie ist erst mal gerade geboren!“

„Sie ist jetzt 20 Jahre alt. Manchmal denke ich, du bekommst gar nichts mehr mit, Lu.“

„Wenn du meinst. Ich setze mich jetzt vor den Fernseher. Bekomme ich noch eine Wärmflasche?“

„Aber natürlich, du alter Sack.“

„Das klingt so liebevoll von dir.“

„Ist auch liebevoll gemeint.“

„Machst du wieder Salzsäure in die Warmflasche?“

„Wieso denn das?“

„Das prickelte so schön.“

„Soll ich jetzt noch mal schwanger werden oder was?“

„Was meinst du dazu?“

„Oh, hat der Herr aller Unterwelten Geschmack daran gefunden, Vater zu sein?“

„Ist das schlimm?“

„Du bist so süß!“

„Vergiss aber nicht, ich bin immer noch der Herr aller Unterwelten.“

„Guckst du dann jetzt Fernsehen?“

„Sehe ich so belämmert aus?“

„Hörner hast du jedenfalls.“

„Ich habe sogar drei Hörner.“

„Du Ferkel.“

„Du kannst ruhig *Lu* zu mir sagen.“

„Oh Lu.“

31

„Wo ist eigentlich Odin?“, fragte Thor.

„Moment mal, ich mache den Anfang in der Gruppe.“, sagte Lu.

„'Tschuldigung.“, sagte Thor.

Lu schaute zu Thor. Der Gott wusste nicht, den Blick zu deuten.

„Was ist denn?“, fragte Thor Lu.

„Respekt.“, bekannte Lu.

„Respekt?“

„Ja.“

„Wieso?“

„Weil du dich entschuldigt hast, Thor.“

„Ich weiß auch nicht, warum ich das getan habe. Götter entschuldigen sich eigentlich nicht.“

„Ich weiß, die mit dem Hammer oder mit den Blitzen hauen eher drauf.“

Zeus sagte nichts, er hatte seine Lektion gelernt.

„Darf ich meinen Hammer nicht mehr benutzen?“, fragte Thor.

„Doch, natürlich. Aber die große Klappe bleibt zuhause.“, sagte Lu.

„Und wofür soll ich meinen Hammer einsetzen?“

„Jetzt bist du nicht mehr dran, Thor. Du nimmst zu viel Raum für dich ein.“

„Was?!“

„Pst.“

„Ich ziehe dir gleich eins über!“

Thor wurde sauer.

„Was ist, Thor?“

„Ich bin sauer!“

„Du hast deinen Hammer in deiner Hand.“

„Ja, habe ich wohl, Herr aller Unterwelten!“

„Wie wäre es mit einer Pommes?“, fragte Lu, und schon lag ein Portion Pommes frites auf dem Stuhl von Thor.

„Wieso ist die nicht mit Mayo?“, fragte Krishna.

„Hast du etwa Geschmack an dem westlichen Essen gefunden?“, fragte Lu Krishna.

„Gestern gab es Pommes mit Mayo. Ich hatte wohl 23 Portionen davon gegessen.“

„Krishna?“

„Was?“

„Aufpassen."

„Wieso?"

„Nachher siehst du aus wie Buddha."

Buddha wachte auf.

„Man spricht von mir?", fragte Buddha.

„Hattest du schon mal Pommes mit Mayo gegessen?", fragte Krishna Buddha.

„Nein, noch nie."

„Und wieso bist du dann so dick?"

„Was ist denn Pommes mit Mayo?"

„Es gibt nichts, was besser schmeckt."

„Wo gibt es das?"

„Im Essraum. Aber morgen haben die Spinat."

„Und wann haben die wieder Pommes?"

„Dauert etwas."

„Mist."

„Aber es gibt eine Pommesbude in der Nähe, wo Lu wohnt."

„Wer ist Lu?"

„Der Typ da.", sagte Krishna.

„Wieso hat der Hörner auf dem Kopf?"

„Der hat halt Hörner."

„Sind die drauf geklebt?"

„Nein, die sind echt."

„Aber wieso bin ich eigentlich so dick?"

„Du hast ein wenig geschlafen."

„Ab morgen mache ich Sport."

„Weißt du überhaupt, was Sport ist."

„Ja, das ist Mord. Zumindest für mich. Aber lasst mich noch bis morgen schlafen."

„Und morgen willst du dich dem mörderischen Sport aussetzen?"

„Ja."

„Das ist aber anstrengend."

„Ich werde es schon schaffen.", sagte Buddha und schlief wieder ein.

„Ist er wieder eingepennt?", fragte Lu.

„Ja, er pennt wieder.", sagte Krishna.

„Seine Ruhe möchte ich haben.", sagte Lu.

„Du hast die doch.", meinte Krishna.

„Nicht wirklich. Ich werde bald wieder Vater."

„Du hattest Sex?", fragte Cernunnos.

„Ich darf doch wohl mal Sex haben oder nicht?“, sagte Lu.

„Du hast Hörner.“

„Du hast selber Hörner.“

„Du hattest Sex mit einem deiner Hörner?“

„Das hier ist eine Selbsthilfegruppe für Götter und nicht für Hörner.“

„Was muss man denn machen, um in eine Selbsthilfegruppe für Hörner kommen zu können?“, fragte der keltische Gott der Fruchtbarkeit und Liebe.

„Wir haben keine Selbsthilfegruppe für Hörner.“, sagte Lu.

„Wir könnte doch eine aufmachen.“, sagte Cernunnos.

„Mit wem?“

„Ja, mit dir, mit mir und mit dem Minotaurus.“

„Was ist denn ein Minotaurus?“

„Lu?“

„Was?“

„Verarsche mich nicht.“

„Du hast das durchschaut?“

„Habe ich.“

„Also Selbsthilfegruppe mit Hörnern?“

„Genau.“

„Denke ich später drüber nach.“

„Oh., Lu!“

„Ich sagte, denke ich später drüber nach.“

„Aber warum denn?“

„Hast du was an den Ohren, keltischer Gott?“

„Bin ja schon still.“

„Wie geht es deinem Zimmerkollegen?“

„Frage ihn doch selber.“

„Ne, ich frage dich!“

„Du solltest ihn aber persönlich fragen.“

„Stimmt.“, sagte Lu.

Dann wandte er sich an Gott.

„Wie geht es dir, Gott?“

„Wunderbar!“, strahlte Gott.

Die Sonne ging auf.

„Warum geht es dir so gut?“

„Ich habe einen wundervollen Sohn, ich habe eine wundervolle Enkelin, ich habe einen wundervollen Zimmerkollegen, und ich habe Internet auf dem Zimmer."

„Das hast du mir zu verdanken."

„Ich weiß das."

„Dann ist schön, und es freut mich für dich."

„Danke, Luzifer!"

„Das kam vom Herzen."

„War auch so gemeint."

Lu guckte zu Gott. Er merkte, dass sich Tränen in ihm sammelten.

„Hab dich lieb, Papa.", sagte Lu.

„Hab dich auch lieb, Lu.", sagte Gott.

„Bitte, vergib mir den Sündenfall, Papa."

„Komm' an mein Herz, mein Sohn."

Lu ging zu Gott, und man umarmte sich. Alle sahen das. Allen liefen die Tränen über die göttlichen Gesichter. Nur Buddha schlief. Aber das durfte er. Denn im Traum war man eigentlich Gott ganz nah.

32

„Wer bist denn du?“, fragte Lu.

„Ich bin dein Sohn.“, sagte das Baby.

„Bist du gerade aus dem Innenraum deiner Mutter heraus gekrochen?“

„Nein, ich bin hinaus eruptiert worden.“

„Woher hast du so eine gewählte Sprache?“

„Von dir, Papa.“

„Woher weißt du, dass ich dein Papa bin?“

„Na, ich habe Hörner und du auch.“

„Und wieso hat deine Schwester keine Hörner?“

„Sie hält sich für was Besseres.“

„Moment mal, du bist gerade erst geboren worden!“

„Was meinst du damit?“

„Hast du schon deine Hausaufgaben gemacht, Sohn?“

„Ich kenne jegliche Axiome der rechnerischen und annehmbaren Wirklichkeit, ich kenne sämtliche philosophischen Richtungen, und ich weiß, wie man ein wirklich großes Gebäude baut.“

„Ich hätte gerne Belege.“

Der Sohn gab seinem Vater ein 800 Seiten-Manuskript. Lu schaute sich das an.

„Da sind zwei Rechtschreibfehler drin, Sohn.“, sagte Lu.

„Sorry, Papa. Aber das kann schon mal passieren, wenn man den Geburtskanal passiert.“

„Und das hast du während des Passierens des Geburtskanals geschrieben?“

„Ja, Papa.“

„Wie heißt du eigentlich?“

„Ich heiße *Ben*, euer Hochwürden.“

„Verarsche mich bitte nicht.“

„Das ist mein Job als Sohn.“

„Na gut. Bist du Amerikaner?“

„Wieso?“

„Wegen *Ben*.“

„Nein, das kommt aus dem Arabischen und bedeutet *Sohn von*.“

„Wessen Sohn bist du?“

„Na, der Sohn von dir.“

„Dann müsstest du *Ben Lu* heißen.“

„Wie heißt du eigentlich, Papa?“

„Ich heiße *Papa,* das genügt für das erste."

„Papa?"

„Was?"

„Du bist sehr interessant."

„Ich weiß das, und ich bin sehr von mir eingenommen."

Ben Lu schaute zu seinem Papa. Dann lachte Ben Lu, und er lachte so laut, dass es alle in der Hölle hören konnten. Sogar im Himmel und in der Zwischenwelt. Nur nicht Buddha, der pennte.

„Kriege ich einen Cheeseburger, Papa?", fragte dann Ben Lu.

„Nein, das ist noch nichts für dich. Du bist gerade erst mal fünf Minuten alt."

„Aber, Papa."

„Ich habe *nein* gesagt."

„Du bist ein grausamer Despot."

„Ich bin der Teufel."

„Darfst du ja auch sein. Kriege ich morgen einen Cheeseburger?"

„Morgen?"

„Ja, ich sagte *morgen.* Hast du was an deinen Lauschlappen, Papa?"

„Oh, Mist. Muss ich jetzt zum HNO?“

„Diese Frage kann ich dir im Moment nicht beantworten.“

„Warum nicht?“

„Ich bin gerade mal sechs Minuten alt.“

„Noch nicht so viel Lebenserfahrung oder was?“

„Ich würde jetzt ganz gerne meinen Job weitermachen, Papa.“

„Und der wäre? Holz hacken? Ein U-Boot bauen? Eine Dissertation schreiben?“

„Ne, ich wollte einen Flamingo melken.“

„Hörst du manchmal Flöhe husten?“

„So lange bin ich noch nicht in der Hölle, um einen diesbezüglichen Erfahrungswert aufstellen zu können.“

„Soll ich dir eine Gute-Nacht-Geschichte erzählen, Ben Lu?“

„Oh, das wäre wundervoll!“

Lu begann mit der Geschichte, zwei Sekunden später war sein Sohn eingeschlafen.

33

Am nächsten Morgen stand Lu auf und schlurfte in die Küche. Er wollte sich einen Kaffee machen, natürlich schwarz. Denn die Seele des Herrn der Unterwelten konnte nur mit der Farbe Schwarz adäquat bezeichnet werden. Lu ging noch Schlaf verhangen zur Kaffeemaschine und stellte fest, dass es in ihr schon Kaffee gab.

„Das war ich aber nicht.“, sagte Lu zu sich selbst.

„Das war ich.“, sagte eine Frauenstimme.

Lu schaute in die Richtung, aus der die Stimme gekommen war, und er entdeckte eine wunderschöne, junge Frau und einen gut aussehenden, jungen Mann am Küchentisch.

„Wer seid ihr denn?“, fragte Lu.

„Papa?“, sagte Rosy.

„Was?“

„Gehe wieder schlafen.“

Da klingelte Lus Handy.

„Hier der Herr aller Welten.“, meldete sich Lu.

„Das heißt *Herr aller Unterwelten*.“, sagte jemand.

„Das ist mir im Moment gerade zu kompliziert."

„Warum?"

„Ich habe noch keinen Kaffee getrunken."

„Darf ich dich trotzdem was fragen, Lu?"

„Wer spricht denn da überhaupt?"

„Erkennst du meine Stimme nicht?"

„Ach, Adolf!"

„Ja, ich bin es, Adolf."

„Haben wir schon 5.45 Uhr?"

„Nein, wir haben gerade 5.44 Uhr. Ich wollte nur fragen, ob ich in einer Minute zurück schießen soll."

„Schießen?"

„Ja, das Dingen mit den Gewehren und Kanonen."

„Hast du Raketen?"

„Erst später. Aber bei Raketen spricht man von *abfeuern*."

„Raketen feuert man ab?"

„Das wollte ich damit gesagt haben."

„Adolf?"

„Was?“

„Ich gebe dir einen Rat als Herr aller Welten.“

„Unterwelten.“

„Meinetwegen.“

„Und wie ist der Rat?“

„Schlaf mal aus.“

„Mir fehlt gerade ein Argument.“

„Dann gehe pennen.“

„Ich versuche es.“

„Wunderbar.“

„Tschö, Lu.“

„Tschö, Adolf.“

Man legte auf.

„Wer war das?“, fragte Rosy.

„Ein Klient. Aber bitte keine weiteren Fragen mehr, ich brauche erst mal einen Kaffee.“

„Aber natürlich, Papa.“

Da klingelte das Handy erneut. Lu war begeistert.

„Hier der Herr.“, meldete sich Lu.

„Bin ich mit Gott verbunden?“, fragte jemand.

„Nein, mit dem Teufel."

„Oh, Entschuldigung.", sagte der jemand und legte wieder auf.

„Wer war das denn, Papa?", fragte Rosy.

„Das war der Kaffee."

„Der Kaffee?"

„Ja, und zwar der, der sich noch nicht in meinem Organismus befindet."

„Das habe ich verstanden, Papa."

„Wieso bist du nicht in der Universität, Rosy?"

„Die Vorlesung beginnt erst um 8 Uhr, Papa. Wir haben jetzt 5.46 Uhr."

„Und wieso bist du dann schon so früh auf, junge Dame?"

„Ich bin nicht nur frühreif, sondern auch zielstrebig, Papa."

„Gut, alles weitere bitte in 15 Sekunden.", sagte Lu, goss Kaffee in eine Tasse und trank.

„Oh, das tut gut.", sagte Lu, als der erste Schluck des schwarzen Getränks in seinen Organismus Einzug hielt.

Dann nahm er eine Zigarette und zündete sie sich an. Und er genoss den ersten Zug.

„Papa raucht?“, fragte der junge Mann Rosy.

„Mir ist das auch neu.“, sagte Rosy, „Aber er ist der Teufel, er darf das.“

„Wieso sagte dein Freund gerade *Papa*?“, fragte Lu Rosy.

„Das ist nicht mein Freund.“, sagte Rosy.

„Und was macht dann der Kerl hier?“

„Kaffee trinken und rauchen. Er kommt ganz auf den Vater.“, erklärte Rosy.

„Was für ein Vater?“

„Na, du!“

„Moment.“, sagte Lu und trank einen weiteren Schluck von seinem Kaffee.

„Papa hat Probleme.“, sagte Rosy zu dem jungen Mann.

Lu hörte das.

„Ich habe keine Probleme, ich muss erstens erst mal wach werden, und zweitens, wer ist denn der Kerl da?“

„Das ist Ben Lu.“, sagte Rosy.

„Ben Lu? Ben Lu? Habe ich schon mal gehört.“

„Ist der jeden Morgen so?“, fragte Ben Lu seine Schwester.

„Weiß ich nicht, ich bin noch nicht so lange in der Hölle, als dass ich diesbezüglich Erfahrungswerte aufstellen könnte.“, sagte Rosy.

Ben Lu schaute seine Schwester an. Das bemerkte sie.

„Wieso guckst du so bescheuert, Bruderherz?“, fragte Rosy.

„Diesen Satz hatte ich gestern auch gesagt.“, sagte Ben Lu.

„Welchen Satz?“

„Na, den mit den Erfahrungswerten.“

„Echt?“

„Ja!“

„Schlag ein, Bruderherz!“, sagte Rosy und hielt ihre Hand hoch.

Ben Lu schlug ein.

„Was macht ihr da?“, fragte Lu.

„Wir sind ein verschworenes Team.“, sagte Rosy.

„Aha. Ben Lu, was machst du heute?“, fragte Lu seinen Sohn.

„Ich denke, du weißt nicht, wer ich bin?“, fragte Ben Lu.

„Ich bin zwar der Teufel, aber ich bin nicht blöd. Und wenn du noch mal zwei Sekunden, nach dem ich meine Gute-Nacht-Geschichte angefangen hatte, einpennst, dann musst du Holz hacken."

„Hatte ich sowieso vor, Paps."

Als Lu das Wort *Paps* gehört hatte, schmolz ihm das Herz. Er wollte eigentlich was sagen, aber das war ihm in diesem Moment nicht möglich gewesen. Er schaute Ben Lu einfach nur an.

„Was ist, Paps?", fragte Ben Lu.

„Wir heizen mit Kernenergie.", sagte Lu.

„Das bedeutet?"

„Wir brauchen kein Holz."

„Was soll ich dann machen?"

„Male ein Bild."

„Was? Ich soll ein Bild malen?"

„Tut mir leid, ist mir gerade so raus gerutscht."

„Soll ich den *goldenen Schnitt* verwenden?"

„Wie du möchtest."

„Ist ja auch dein Zeichen."

„Was für ein Zeichen?"

„Na ja, das Pentagramm."

„Das Pentagramm trage ich nicht um den Hals, und außerdem ist der *goldene Schnitt* nicht das Pentagramm. Sie stehen wohl in einer engen Beziehung.“

„Dann muss ich wohl noch differenzieren. Hast du Ölfarbe, Papa, und Pinsel und eine Leinwand?“

„Keine Stifte?“

„Wenn schon, denn schon.“

„Du willst direkt in die Vollen steigen?“

„Papa?“

„Was?“

„Ich bin dein Sohn.“

„Teuflisch unterwegs oder was?“

„Moment, ich habe gerade eine Inspiration.“

„Hebst du gerade ab?“

„Hast du ein Blatt Papier und einen Stift, Papa?“

„Willst du jetzt wirklich so einen Malquatsch machen, Ben Lu?“

„Das ist kein Malquatsch, Papa. Das ist aus einer anderen Dimension.“

„Moment, davon wüsste ich aber. Ich bin schließlich der Herr aller Unterwelten.“

„Papa?"

„Was?"

„Sei mal leise und gib mir Papier und Stift."

Lu nahm den Block und den Kugelschreiber, denn Hel immer zum Einkaufen benutzte.

„Hier, bitte."

Und Ben Lu zeichnete. Dann war er fertig, nach zwei Sekunden.

„Zeige mal.", sagte Lu.

Sein teuflischer Sohn zeigte die Skizze.

„Langweilig.", sagte Lu.

„Was? Langweilig?"

„Ja, gibt es schon."

„Ich muss jetzt weg, Papa.", sagte Rosy.

„Aber die Vorlesung beginnt doch erst um 8 Uhr."

„Ich habe vorher noch ein Model-Shooting."

„Hast du auch Butterbrote?"

„Papa?"

„Was?"

„Behandele mich nicht wie ein kleines Kind."

„Sorry."

„Schon gut, Papa. Hab dich lieb.", sagte Rosy und drückte Papa Lu einen Schmatz auf die Wange.

„Hab dich auch lieb."

Rosy verschwand. Und Ben Lu war etwas geknickt.

„Das gibt es schon?", fragte Ben Lu.

„Das sind die weichen Uhren von Salvador Dalí.", sagte Lu.

„Wer ist denn das?"

„Einer der größten Maler überhaupt."

„Oh."

„War das deine Idee?"

„Ja."

„Und wie warst du darauf gekommen?"

„War mir einfach so eingefallen."

„Ach ja."

„Ist das jetzt schlimm?"

„Ich möchte gerne wissen, was dir noch einfallen wird, mein Sohn."

Ich glaube, ich brauche noch einen Zeichenblock und Bleistifte."

„Bekommst du."

„Kriege ich jetzt einen Cheeseburger?"

„Ich mache dir einen. Mit Pommes?"

„Das wäre super."

„Ketchup? Mayo?"

„Bitte mit Mayo."

„Du kommst ganz auf deinen Vater."

„Wieso?"

„Der isst Pommes auch gerne mit Mayo."

Da kam Hel in die Küche.

„Guten Morgen zusammen.", sagte die Göttin.

Aber dann erschrak sie.

„Wer ist der junge Mann da?", fragte Hel.

„Das ist dein Sohn.", sagte Lu.

„Der ist aber groß geworden."

„Kinder machen, was sie wollen.", erklärte Lu.

„Ist da noch Kaffee?", fragte Hel.

„Ja, anscheinend haben unsere Kinder für uns mitgedacht."

Hel nahm sich eine gut gefüllte Tasse mit Kaffee, setzte sich zu den beiden an den Tisch und steckte sich eine Zigarette an.

„Mama?“

„Was?“

„Rauchen ist ungesund.“

„Ich bin eine Göttin, ich darf das.“

Da steckte sich Ben Lu eine Zigarette an.

„Du rauchst?“, fragte Mama Hel.

„Das siehst du doch, ehrwürdige Mutter.“

„Lass den Quatsch mit der *ehrwürdigen Mutter*.“

„Aber natürlich, Mama.“

„Wieso rauchst du?“

„Ich bin ein Dämon.“

„Ach, Dämonen rauchen?“

„Mama, Dämonen kommen aus der Hölle, da raucht und dampft und schwefelt es.“

„Ist dir vielleicht schon aufgefallen, mein lieber Sohn, dass dein Vater die Hölle ausgebaut hat und dass hier nichts mehr raucht und dampft und schwefelt?“

„Ich vermisse die alten Zeiten.“

„Du bist doch gerade erst mal einen Tag alt."

„Ich war schon mal da."

„Hä, was?"

„Ich bin reinkarniert."

„So ein Blödsinn, Dämonen reinkarnieren nicht."

„Mama, du unterdrückst meine Gefühle!"

„Höre auf mit Rauchen!"

„Oder es handelt sich um das kollektive Unterbewusste aller Dämonen, dass mir vererbt worden ist."

„Wohl oberschlau oder was?"

„Papa gab mir gestern den Tipp, eine Dissertation zu schreiben."

„Eine was?"

„Das nennt man auch Doktorarbeit. So was schreiben Leute, die sehr schlau sind."

„Junge, gehe Holz hacken."

„Mama?"

„Was?"

„Wir heizen mit Kernenergie."

„Dann mache irgendwas anderes Sinnvolles."

„Ich male ein Bild."

„Wer hat hier eigentlich meinen Schreibblock verwüstet?"

„Das war ich, Mama."

„Kaum bist du in der Hölle, und schon ruinierst du meinen Einkaufsblock?"

„Schau dir doch mal die Zeichnung an, Mama!"

„Weiche Uhren? Noch nie gesehen."

„Du kommst ja auch aus der Vorzeit, Mama."

Da klingelte Lus Handy wieder.

„Hier der Herr aller Unterwelten.", meldete sich Lu.

„Ach, Sie sind es wieder. Das ist komisch."

„Was ist komisch?"

„Man hatte mir Ihre Nummer gegeben, ich sollte mich bei Ihnen melden. Ich dachte erst, ich hatte mich verwählt. Sind Sie wirklich der Teufel?"

„Alternative Begriffe sind *Luzifer* und *Satan*."

„Dann hat man mir wahrscheinlich die falsche Nummer gegeben. Tut mir leid."

„Um was geht es denn? Vielleicht kann ich Ihnen helfen."

„Man sagte mir, ich soll in die Selbsthilfegruppe für Götter kommen. Es gäbe ein Problem."

„Name?"

„Ich heiße Kaiphas."

„Ich fürchte, dann sind Sie hier richtig."

„Aber doch nicht bei Luzifer."

„Nehmen Sie den Aufzug H. Ich werde sie empfangen."

„Wo komme ich denn dann hin?"

„Das werden Sie sehen. Nehmen Sie den Aufzug um 8.45 Uhr, ab dann wird zurück geschossen."

„Wie bitte?"

„War nur ein Scherz."

„Ach so. Ich habe eine noch Frage."

„Ja, bitte?"

„Wohin komme ich denn mit Aufzug H?"

„Fragten Sie schon mal."

„Ich möchte es aber gerne wissen."

„In die Hölle."

„Ich will aber nicht in die Hölle."

„Keine Bange, nichts wird so heiß gegessen, wie es gekocht wird."

„Meinen Sie?"

„Vertrauen Sie mir."

„Ich soll dem Teufel vertrauen? Das war doch schon im Paradies in die Hose gegangen."

„Ich werde Sie schon nicht verführen."

„Sind Sie sicher?"

„Ganz sicher."

„Wieso?"

„Ich bin nicht schwul."

„Na gut, ich nehme den Aufzug H um 8.45 Uhr. Aber mir schlottern die Knie."

„Haben Sie Angst?"

„Ja."

„Haben Sie möglicherweise ein schlechtes Gewissen?"

„Nein."

„Gut, dann sollten Sie Angst haben."

„Ich bin so was von ermuntert."

„Mögen Sie Cheeseburger?"

„Was ist denn das?"

„So ein neumodisches Essen, die Kidz lieben es. Ist sehr lecker.“

„Ist das mit Schweinefleisch?“

„Nein, mit Rindfleisch.“

„Na gut, ich komme dann gleich. Aber erst muss ich noch die Zähne putzen.“

„Zwei Stunden lang?“

„Ich bin ein gesetzlicher Mensch, ich mache alles sehr gründlich.“

„Kennen Sie David?“

„Natürlich, aus den Schriften.“

„Den meine ich nicht, es ist ein neuzeitlicher David. Sie werden sich mögen, er ist ein Kollege von Ihnen.“

„Was wollen Sie mir damit sagen?“

„Dass Sie in der Hölle nicht allein sein werden.“

„Klingt tröstlich.“

„Haben Sie keine Angst, Hohepriester Kaiphas. Ich bin zwar der Teufel, aber ich werde Ihnen nichts tun. Trotzdem habe ich ein paar Fragen an Sie.“

„Wenn es nur Fragen sind.“

„Bis später, Hohepriester.“

„Ja, bis dann.“

Beide legten auf.

„Kriege ich jetzt endlich meinen Cheeseburger und die Pommes?“, fragte Ben Lu seinen Vater.

„Bist du am verhungern?“, fragte Lu.

„Ich habe teuflischen Hunger, Papa!“

34

Lu wartete an dem Aufzug. Dann traf er ein. Die Aufzugtür öffnete sich, und der Hohepriester Kaiphas trat heraus. Er war nicht sonderlich gut gekleidet, seine Kleidung war zerschlissen.

„Hallo, Hohepriester.“, sagte Lu.

„Sind Sie der Teufel?“, fragte Kaiphas.

„Ja, der bin ich.“

„Wieso haben Sie denn Hörner auf dem Kopf und Hufe?“

„Das gehört zu meinem Vertrag, die Kirche will das so.“

„Sieht aber gut aus. Macht was her.“

„Danke Ihnen, Hohepriester. Aber was ist mit Ihnen?“

„Was meinen Sie?“

„Na ja, Ihre Kleidung."

Kaiphas schaute an sich herunter.

„Ja, Sie haben Recht. Ich hatte schon mal bessere Zeiten gesehen."

„Als Sie Hohepriester waren?"

„Ja. Und dann..."

Lu bemerkte, dass den Priester etwas quälte.

„Sprechen Sie, Kaiphas."

„Ach, erst mal möchte ich mich für die freundliche Begrüßung bedanken."

„Gerne."

„Ich hatte echt nicht gedacht, dass Sie so freundlich sind."

„Wissen Sie, Kaiphas, es hat Zeiten gegeben, da war das anders gewesen."

„Und dann haben Sie sich geändert?"

„Ja, habe ich."

„Der Herr ist bestimmt mit Ihnen sehr zufrieden."

„Wir haben eine sehr gute Verbindung."

„Schön zu hören."

„Möchten Sie Ihr Zimmer sehen?"

„Sie haben Zimmer?“

„Ich hatte die Hölle vor einiger Zeit ausgebaut.“

„So sieht es hier auch aus. Sehr wohnlich.“

„Vielen Dank.“

„Wie sind Sie denn auf die Idee gekommen, in der Hölle Zimmer einzurichten?“

„War mir einfach so eingefallen.“

„Und was machen Sie in den Zimmern?“

„Psychotherapie.“

„Was ist denn das?“

„Wieso ist Ihre Kleidung so zerfleddert?“

„Wissen Sie, nach dem Urteil gegen diesen Jesus fühlte ich mich nicht mehr so gut. Ich spürte, dass ich irgendetwas Falsches gemacht hatte.“

Da öffnete sich die Tür des Aufzugs, und jemand trat heraus. Lu und der Priester bemerkten das. Lu trat auf ihn zu.

„Hallo.“, sagte Lu.

„Hallo.“, sagte der Jemand.

„Was kann ich für Sie tun?“

„Ich habe ein schwerwiegendes Problem, und man sagte mir, dass es in der Hölle jemanden gibt, der in der Lage sei, mir zu helfen.“

„Und welches Problem handelt es sich?“

„Es ist mir sehr peinlich, das zu sagen.“

„Erzählen Sie, es kann Ihnen nichts passieren.“

Der Neue sah zu dem Hohepriester.

„Ich kenne diesen Mann.“, sagte der Neue.

„Wer soll das denn sein?“, fragte Lu.

„Ich erkenne ihn trotz seiner zerschlissenen Kleidung.“

„Dann sagen Sie mal seinen Namen.“

„Es ist der Hohepriester Kaiphas.“

„Ach, Sie sind alte Bekannte?“, fragte Lu.

„Wir sind sehr alte Bekannte.“

„Dann haben Sie beide etwas Gemeinsames?“

„Das kann man wohl sagen.“

„Und was ist das?“

„Zurück zu meinem Problem.“

„Ja?“

„Ich leide seit ungefähr 2000 Jahren unter einem Waschzwang.“

„Dann sind Sie bei mir richtig.“, sagte Lu.

„Darf ich fragen, wer Sie sind?“, fragte der Neue.

„Mein Name ist Lu Teufel, ich bin der Herr aller Unterwelten.“

„Bei uns heißt die Unterwelt *Orkus*. Sind Sie auch der Herr des Orkus'?“

„Wie ich schon sagte, ich bin der Herr aller Unterwelten.“

„Dann habe ich zumindest ein klein wenig von Zuhause hier.“

„Herzlich willkommen.“

„Ich danke Ihnen.“

„Wie ist Ihr Name, Pontius Pilatus?“

Der Neue schaute irritiert.

„Sie fragen nach meinem Namen, obwohl Sie ihn schon kennen?“, fragte Pilatus.

„Kleiner Scherz am Rande.“

„Woher wissen Sie meinen Namen?“

„Ich bin der Teufel, ich bin informiert.“

„Und Sie wissen auch, wie mein Zwang geheilt werden kann?“

„Ich sagte schon, ich bin der Teufel. Und jetzt gehen Sie in den Essraum und trinken zusammen mit dem Hohepriester einen Kakao.“

„Warum?“

„Ich denke, Sie beide haben einiges zu bereden, nach all den Jahrhunderten Irrens durch die Zeitgeschichte.“

„Sie sind sehr freundlich.“

„Das ist mein Job.“

„Ich hatte mir den Job des Teufels immer anders vorgestellt.“

„Sie haben von mir einen Begriff?“

„Zwangsläufig. Bei meiner Reise durch die Jahrhunderte sah ich das Aufkommen der Christenheit, und die sprachen immer wieder vom Teufel, und dass man sich von dem fern halten sollte.“

„Und wieso sind Sie dann trotzdem zu mir gekommen?“

„Man sagt, Sie seien sehr erfolgreich in Ihrer Arbeit.“

„Sagen wir so, hin und wieder stellt sich ein Erfolg ein. Gehen Sie mit dem Priester in den Essraum, alles Weitere später.“

„Sie sind der Chef.“

35

„So, herzlich willkommen zu unserer heutigen Sitzung...“, sagte Hans.

Weiter kam er nicht.

„Danke, dass Achmed wieder da ist!“, sagte Herbert.

„Ich habe noch das Wort.“, beschwerte sich Hans.

„'Tschuldigung.“, sagte Herbert kleinlaut.

Achmed hatte die Freude des Adventisten natürlich mitbekommen.

„Wieso freust du dich, dass ich wieder da bin?“, fragte Achmed den Adventisten.

„Ich mag deine Explosionen.“, sagte der Adventist.

„Ich sagte, ich habe noch das Wort!“, sagte Hans ein wenig lauter.

„Immer mache ich was falsch.“, beklagte sich Herbert.

„Nein, du machst nichts falsch. Du musst nur die Leute ausreden lassen.“, sagte Hans.

„Klingt logisch.“

„Wenn mich noch mal jemand unterbricht, den zünde ich!“, sagte Hans definitiv.

„Ups, Hans ist sauer.“, bemerkte Herbert.

„Ich habe auch allen Grund dazu! Ständig muss der Raum hier wieder aufgebaut werden, ich habe echt die Nase voll!“

Betretenes Schweigen.

„Immer wieder bin ich beim Chef!“, donnerte Hans weiter, „Das kann so nicht weiter gehen!“

Schweigen weiterhin.

„Ich bin wirklich sauer! Ich versuche hier, dass ihr lernt, miteinander klar zu kommen, aber entweder höre ich so einen bescheuerten Mist von diesem Adventisten, oder es gibt eine Explosion von einem bescheuerten Selbstmordattentäter!“

Die Betreffenden wussten, wer gemeint war. Schweigen, leiser konnte es nicht mehr werden.

„Das Gleiche gilt ebenso für den Juden und den Zeugen Jehova!“

David und Gerd schauten erstaunt.

„Das gilt auch für uns?“, fragte Gerd.

„Gerd?!“

„Ja?“

„Wenn ich noch mal irgendetwas über den *Wachturm* höre, dann werde ich dich zünden.“, sagte Hans ganz leise.

Gerd wurde ganz bleich, denn er schaute in die Augen eines Dämonen.

„Darf ich was fragen?“, fragte zitternd David.

„Moment, ich bin etwas aufgeregt, ich muss mich beruhigen.“, sagte Hans.

Alle waren still, mehr Stille gab es nicht. Hans beruhigte sich.

„Was ist deine Frage, David?“

„Bei allem Respekt, und es ist eine Frage aus Unwissenheit heraus, aber ich bin sehr interessiert. Wie willst du uns zünden?“

„Diese Frage kannst du dir selbst beantworten, David.“

„Okay, ich gebe mir Mühe.“

„Nein, du sollst dir keine Mühe geben, das klingt wieder so gesetzlich.“

„Was soll ich denn dann machen?“

„Warte auf eine Idee, warte auf einen Gedanken. Nein, das ist auch Quatsch. Mache einfach nichts.“

„Nichts?“

„Ja. Und in diesem Nichts wird alles geschehen."

„Ich habe es!", sagte David.

„Lass hören."

„Du kannst uns zünden, weil du ein Dämon bist."

„Das ist die richtige Antwort."

„Okay. Und was sollen wir jetzt machen?"

„Was hatte ich noch mal für einen Tipp gegeben?"

„Ach ja, stimmt. Nichts machen."

„Genau."

„Ich würde jetzt gerne meine Ladung zünden.", sagte Achmed.

„Wenn du das machst, Achmed, dann komme ich dir hinterher und zünde dich erneut!", drohte Hans.

„Aber mir ist nichts anderes eingefallen, Chef.", bekannte Achmed.

„Ich bin nicht euer Chef."

„Doch bist du."

„Warum denn das?"

„Wir lieben dich! Du machst dir so viel Mühe mit uns, und dass ich wieder in dieser Gruppe sein darf, das tut mir so gut, Chef!“, sagte Achmed.

„Finger weg vom Zünder!“, sagte Hans.

Im nächsten Moment, es dauerte keine drei Sekunden, war der Sprengstoffgürtel abgeschnallt. Achmed warf ihn von sich.

„Ich werde auch nie wieder etwas über den Zorn Gottes sagen.“, sagte Herbert.

„Und ich werde nie mehr den *Wachturm* erwähnen.“, sagte Gerd.

„Und ich werde versuchen, meine Gesetzlichkeit abzulegen.“, sagte David.

„Nicht versuchen, sondern machen.“

„Aber wie soll ich das machen, Chef?“

„Es wird nichts gemacht, David, es wird gefühlt. Was fühlst du?“

„Ich mag euch alle.“

„Yeah!“

36

„Mama!“, sagte Rosy.

„Hi, mein Schatz!“, sagte Hel.

„Ich habe einen Job!“

„Als Model?“

„Ja!“

„Oh, wundervoll! Das kannst du uns ja aus der Sozialhilfe heraus holen!“

„Negativ, Mama.“

„Was soll denn das bedeuten?“

„Das ist mein Geld.“

„Es bleibt auch dein Geld, aber kannst du mir was leihen?“

„Mama?“

„Was?“

„Du bist eine Göttin.“

„Was willst du mir damit sagen?“

„Es ist unter der Würde einer Göttin, Geld von jemandem zu leihen.“

„Du bist schlau, mein Schatz.“

„Das habe ich von Papa.“

„Was soll denn das bedeuten?“

„Na, die große Karriere haste jetzt nicht wirklich gemacht. Damals warst du die Herrscherin über ein Reich, aber ich denke mal, so toll hatten sich die Leute da drin nicht gefühlt.“

Hel hörte sich das an, und sie konnte dem nichts entgegen setzen.

„Und jetzt?“, fragte Hel.

„Jetzt bekommst du Sozialhilfe und bist Mutter und machst Papa das Essen.“

Hel senkte ihren Blick, ihr war klar, dass das stimmte, was Rosy ihr gesagt hatte.

„Mama, was ist?“, fragte Rosy.

„Was du gesagt hast, stimmt.“, sagte die einstige Göttin der germanischen Unterwelt.

Und man kam nicht umhin, den traurigen Unterton in ihrer Stimme zu vernehmen.

„Mach' was, Mama!“, sagte Rosy.

„Und was soll ich machen?“

„Du bist wunderschön, Mama. Hole dir anständige Klamotten und gehe modeln.“

„Weißt du eigentlich, wie alt ich bin, Rosy?“

„Ich bin im Bilde.“

„Außerdem habe ich kein Geld.“

„Aber Papa hat.“

„Woher?“

„Von Banken.“

„Er hat noch was über?“

„Ja, sieht so aus. Jedenfalls noch so viel, dass er mich einkleiden konnte.“

„Und der Schlawiner hat mir nichts gesagt.“

Hel war sauer. Sie nahm ihr Handy.

„Hi, mein Schatz.“, sagte Lu.

„Es hat sich ausgeschatzt, Junge!“

„Oh, was ist denn in dich gefahren, meine Süße?“

„Jedenfalls du nicht!“

„Ist das eine Kritik?“

„Weißt du eigentlich, wie lange wir schon keinen Sex mehr hatten?“

Rosy verdrehte die Augen. Hel bemerkte das.

„Wir müssen das Thema wechseln. Ich habe hier jemanden, der mithört.“, sagte Hel.

„Dein Lover?“

„Ja, er kommt gerade aus dem Kleiderschrank heraus, er hat Hunger.“

„So lange ist er schon da drin?“

„Ja, ich sagte ihm, er soll da drin bleiben, man weiß ja nie, wann du nach Hause kommst.“

„Und jetzt?“

„Wieso hast du mir nichts von dem Geld erzählt?!“

„Was denn für ein Geld?“

„Frage nicht so scheinheilig, Rosy hat mir alles erzählt!“

„Alles?“

„Ja!“

„Die komplette Menschheitsgeschichte?“

„Lenke nicht vom Thema ab, Lu!“

„Ich kann dich gerade nicht verstehen, die Nutten sind so laut.“

„Ha ha!“

„Okay, ich habe dir von dem Sparstrumpf nichts erzählt, weil ich noch um das Heil meiner Seele kämpfe.“

„Das kannst du deiner Oma erzählen!“

„Ich habe keine Oma.“

„Okay, deinem Opa!“

„Ich habe keinen Opa.“

„Nicht?“

„Nicht.“

„Oh, du arme Socke.“

„Ich bin eben der Teufel, ich bin geschaffen, da fällt die Sache mit den Ahnen eben flach.“

Das ging Hel zu Herzen.

„Das tut mir echt leid, Lu.“

„Ist schon okay. Und wegen dem Geld, wie viel brauchst du?“

„Das ist nicht der Punkt. Wieso hast du mir nichts davon erzählt?“

„Ich denke, das sind noch Altlasten aus meinem früheren Leben als Egoist und Quäler von Menschen.“

„Das klingt einleuchtend.“

„Tut mir echt leid, und es gefällt mir, wie gut du das im Blick hast.“

„Na ja, ich habe einiges gelernt, aber Lernbedarf gibt es immer wieder.“

„Ich möchte was machen, Lu.“

„Und was?“

„Ich möchte modeln gehen.“

„Davon rate ich dir ab.“

„Wieso? Bin ich etwa hässlich? Habe ich keine gute Figur? Kann ich auf dem Catwalk nicht laufen?“

„Du würdest dir nur Feindinnen holen.“

„Was meinst du damit?“

„Ich meine damit, dass niemand eine Chance gegen dich hätte.“, sagte Lu.

„Das meinst du doch nicht ernst?“, fragte Hel.

„Ich bin zwar der Teufel, aber ich bin nicht blöd. Und ich habe Augen im Kopf.“

„Meinst du das wirklich ernst?“

„Die einzige Dame, die eine Chance hätte, wäre Rosy. Sonst niemand.“

Diese Sentenz ging in Hel herunter wie Öl. Und Lus Stimme klang, als habe der Papst ex cathedra gesprochen.

„Oh.“, sagte Hel einfach nur.

„Ich komme direkt nach Hause, und wir gehen shoppen.“, sagte Lu.

„Und was ist mit den Nutten?“

„Die sind eh zu laut.“

„Du bist der Beste, Lu!“

„Ich arbeite daran. Und liebe Grüße an die Mithörerin Rosy.“

„Das wusstest du?“

„Klar, ich bin schließlich der Teufel.“

37

„So, da sind wir wieder. Herzlich willkommen zur nächsten Sitzung. Wie ihr seht, habe ich zwei Gäste hier.“, sagte Lu in der Selbsthilfegruppe für Götter.

„Das sind aber keine Götter.“, sagte Krishna.

„Du bist auch kein Gott.“

„Nicht?“

„Deine menschliche Existenz ist belegt.“

„Ups.“

„Ja, ups. Hast dich hier eingemogelt oder was?“

„Schmeißt du mich jetzt raus, Lu?“

„Nein, ich hatte dich hier zugelassen, weil du Therapiebedarf hast.“

„Inwiefern?“

„Du gibst dich als Gott aus, bist aber ein Mensch."

„Oh."

„Aber darüber reden wir später, Krishna."

Krishna sagte nichts, man sah, dass ihm die Entlarvung durch den Teufel peinlich war.

„Vielleicht stellen sich die Gäste eben vor?", bat Lu.

„Okay.", begann Pilatus, „Mein Name ist Pontius Pilatus. Ich war römischer Bürger, und ich war Statthalter in den Provinzen Judäa und Samaria. Ich war verheiratet mit Claudia Procula."

„Warum bist du hier, Pilatus?", fragte Lu.

„Ich habe einen Waschzwang."

„Woher kommt der deiner Meinung nach?"

„Ich glaube, ich brauche gerade mal einen Kakao."

„Warum?"

„Dann fühle ich mich wenigstens ein bisschen als Mensch."

„Wie fühlst du dich sonst?"

„Na ja, wie ein Geist, der haltlos durch die Jahrhunderte streift."

„Und bist da und doch nicht?“

„Genau! Woher weißt du das?“

„Mir war es auch mal so gegangen. Was hast du getan, Pilatus?“

Pilatus wurde es heiß und kalt gleichzeitig. Ihm war klar, wonach Lu gefragt hatte. Pilatus stellte sich dem.

„Ich habe einen unschuldigen Menschen töten lassen.“, sagte Pontius Pilatus.

Es trat Totenstille in dem Selbsthilfegruppen Raum für Götter ein.

„Ich danke dir, Pilatus, für deine Offenheit.“, sagte dann Lu.

„Aber er hatte eine Gotteslästerung getan!“, beschwerte sich Kaiphas.

„Und welche war das?“, fragte Lu.

„Er sagte, er sei der Sohn Gottes!“

„Und wenn er es nun mal ist?“, fragte Lu.

„Das kann doch nicht sein!“

„Wieso vertraust du nicht seinem Wort?“

„Da kann doch jeder herkommen und das behaupten!“

„Stimmt, es kommen viele daher. Das ging jetzt nicht gegen dich, Krishna."

Krishna sagte nichts.

„Und auch nicht gegen dich, Buddha.", ergänzte Lu.

Buddha bekam nichts mit, er schlief.

„Wieso pennt der?", fragte Pilatus.

„Das ist Buddha, Begründer der Religion des Buddhismus. Buddha bedeutet *Erwachter*.", erläuterte Lu.

„Das habe ich jetzt nicht wirklich verstanden.", sagte der römische Statthalter.

„Das macht nichts. Es ist für dich ja auch die erste Gruppensitzung, Pilatus."

„Glaubst du etwa, dass Jesus von Nazareth der Sohn Gottes ist?", fragte Kaiphas den Teufel.

„Ich hatte mit ihm kürzlich eine Pommes gegessen.", sagte Lu.

„Pommes?"

„Ist ein französisches Gericht. Es handelt sich um Kartoffelstäbchen, die frittiert werden. Mit Ketchup oder Mayo ein Hochgenuss."

„Das beantwortet noch nicht meine Frage!", insistierte Kaiphas.

„Hohepriester?“

„Was?“

„Du weißt doch, wer ich bin?“

Kaiphas bekam Angst.

„Wer bin ich, Kaiphas?“

Der Hohepriester schwieg.

„Ich bitte um eine Antwort.“, sagte Lu.

Kaiphas begann zu schwitzen. Aber er schwieg weiterhin.

„Was ist dein Problem, Kaiphas? Ist es ein Machtproblem?“

„Ein was?“

„Ich denke nicht, dass du schwerhörig bist, Hohepriester!“

Dann explodierte der Priester.

„Ich hasse diesen Jesus! Er hätte alles zunichte gemacht! Ich musste ihn verurteilen!“

Lu schaute zu Kaiphas. Der erwiderte den Blick, und des Teufels Blick knirschte in des Hohepriesters Seele.

„Am Aufzug sagtest du, dass du gespürt hattest, dass du was Falsches gemacht hattest, Kaiphas.“, sagte Lu.

Der Priester wandte seinen Blick nicht von Lu ab. Der sah, wie etwas in Kaiphas vor sich ging. Alle sahen das, nur nicht Buddha. Der schlief. Da brach weiteres aus dem Priester hervor.

„Es tut mir leid, es tut mir leid, es tut mir leid!!“, weinte der Hohepriester Kaiphas, der einst den Sohn Gottes zum Tod verurteilt hatte.

„Wer ist eigentlich der Sohn Gottes?“, fragte Zeus.

„Man nennt ihn Jesus Christus.“, sagte Lu.

„Gut, dass ich meinen Hammer dabei habe.“, sagte Thor.

„Warum?“, fragte Lu.

„Jetzt bekommen die Mörder des Sohnes Gottes eins auf die Zwölf!“

„Thor?“

„Was?“

„Ich sagte doch, Gewalt ist keine Lösung.“

„Bei mir schon!“

„Den beiden tut es leid, Thor.“, sagte Lu in ruhigem Ton.

„Du vergibst denen, Teufel?!“

„Sie haben sich entschuldigt.“

„Ich vergebe ihnen auch.“, sagte Gott.

„Wer bist denn du?“, fragte Kaiphas.

„Ich bin Gott.“, sagte Gott.

Der Hohepriester wurde ganz bleich.

„Jahwe? Elohim? Adonai?“

„Das sind alternative Namen für mich. Aber mögen tue ich das nicht wirklich.“

Kaiphas wurde noch bleicher. Er stürzte zu Gott und fiel vor ihm nieder.

„Bitte, vergib mir, Adonai! Bitte, vergib mir, Adonai!“, flehte der Hohepriester.

„Sage mal, Kaiphas, hast du was an deinen Ohren?“, fragte Gott.

„Bitte, vergib mir! Bitte, vergib mir!“, flehte Kaiphas weiterhin.

„Kaiphas?“, fragte Gott.

„Bitte, vergib mir! Bitte, vergib mir!“

„Der hört nicht zu.“, sagte Gott.

„Sieht nach einem Zwang aus.“, bemerkte Lu.

„Was ist denn ein Zwang?“, fragte Gott.

„Wenn man mit etwas nicht aufhören kann.“

„Stimmt, der hört damit nicht auf.“

„Ich habe auch einen Zwang.“, gab Pilatus zum Besten.

„Pilatus?“, sagte Lu.

„Was?

„Sei mal leise.“

„Ist ja gut.“

„Bitte, vergib mir! Bitte, vergib mir!“

Kaiphas hielt sich dran.

„Was hilft in so einem Fall, mein Sohn?“, fragte Gott Lu.

Thor hörte das.

„Moment, was meint Gott mit *mein Sohn*?“, fragte Thor.

„Ich bin der Sohn Gottes.“, erklärte Lu.

„Dich hat man getötet?“

„In gewisser Weise.“

„In gewisser Weise?“

„Ja, ich habe mich geändert.“

„Und wieso lebst du?“

„Ich lebe für euch.“

„Für uns?“

„Hast du was an deinen Lauschlappen, Thor?“

„Moment mal. Du heißt doch nicht Jesus Christus.“

„Ich heiße Lu Teufel. Ist das jetzt für dich ein Problem, Schützer der Götter?“

„Hä?“

„Fühlst du dich irritiert, Thor?“

„Ehrlich gesagt, ich verstehe kein Wort.“

Da klopfte es an der Tür.

„Herein!“, rief Lu.

Die Tür ging auf, und es erschien jemand.

„Da biste ja wieder.“, sagte Lu mit Freude strahlendem Gesicht.

„Hallo, Lu!“, sagte Freude strahlend der Jemand, kam herein und umarmte Lu.

„Moment mal, den kenne ich.“, sagte Gott.

Lu und J lösten sich voneinander. Und J wandte sich Gott zu. Gott guckte nur. Man merkte, wie sein Herz fast vor Freude zerbarst. Alle merkten das, und zwar wirklich alle. Damit sind auch die gemeint, die sich in der hintersten Ecke des unendlichen Universums befinden.

„Hallo, Papa.“, sagte J.

Es liefen ein paar Tränen die Wangen Gottes herab.

„Hallo, mein Sohn.“, sagte Gott.

Da nahmen sich die beiden in die Arme. Und herzten sich. Da war Freude im Himmel und in der Hölle und an allen Orten, die es gab. Und Buddha erwachte.

„Habe ich was verpasst?“, fragte Buddha.

„Halt die Klappe, Buddha.“, sagte Zeus, „Schaue einfach nur.“

Und Buddha schaute.

„Davon hatte ich schon immer geträumt.“, sagte Buddha mit einem Lächeln.

38

„Was soll das sein?“, fragte Lu seinen Sohn.

„Ein Gemälde?“, sagte Ben Lu.

„Und wieso ist das so groß?“

„Ich wollte das so.“

„Hat es einen Titel?“

„Ja, *Guernica*.“

„Du bist mir ein Schlawiner, Ben Lu.“

„Gefällt es dir nicht?“

„Abmalen gilt nicht.“

„Was meinst du mit abmalen, Lu?“

„Das heißt immer noch *Papa*.“

„Tut mir leid, Herr aller Unterwelten.“

„Das lasse ich zur Not gelten, lieber wäre mir *Papa*.“

„Jawohl, Sir.“

„Du verarschst mich.“

„Aber natürlich, Sir.“

„Wie alt bist du jetzt, Ben Lu?“

„Ich weiß das nicht.“

„Und wieso nicht?“

„Man kann menschliche Zeitbegriffe nicht auf die Parameter der Hölle anwenden."

„Und wieso nicht?"

„Papa!"

„Was?"

„Was sagst du zu meinem Bild?"

„Das ist nicht dein Bild, das ist von Picasso."

„Wer ist denn das?"

„Du solltest fragen *war*."

„Okay, wer war denn das?"

„Berühmter spanischer Maler, wird für ein Genie gehalten."

„Ach ja."

„Du kennst den wirklich nicht?"

„Nein, Papa!"

„Nicht abgemalt?"

„Nein!!"

„Du bereitest mir Kopfzerbrechen, mein Sohn. Als nächstes wirst du wohl die Mona Lisa malen."

„Oh, gute Idee! Ich habe auch schon eine Vorstellung."

„Kennst du Leonardo da Vinci?"

„Nein.“

„Sandro Botticelli?“

„Negativ.“

„Franz Marc?“

„Nö.“

„Max Ernst?“

Ben Lu sagte nichts.

„Noch mal. Max Ernst?“

Ben Lu schwieg.

„Wieso bekomme ich keine Antwort?“

„Weil ich den kenne, Papa.“

„Und wieso sagst du das nicht?“

„Ich habe es doch gerade gesagt.“

„Aber wieso hast du die Antwort hinaus gezögert.“

„Dürfen eigentlich Menschen, die im Himmel wohnen, uns in der Hölle besuchen?“

„Eigentlich nicht. Wir wollen sie nicht mit unseren Altlasten vergiften.“

„Das habe ich mir gedacht.“

„Ach, Max Ernst besucht dich oder was?“

„Ist das jetzt schlimm, Papa?“

„Wenn es schlimm ist, kleben wir ein Pflaster drauf.“

„Oh, danke, Papa!“

„Was macht ihr beide denn?“

„Er unterrichtet mich.“

„Hm.“

Lu dachte nach.

„Was ist, Papa?“

„Frage ihn mal, ob er Lust hat, hier in der Hölle Kunsttherapie anzubieten.“

„Kann ich machen. Aber du bist doch gegen so einen Malquatsch.“

„Ich habe es mir anders überlegt.“

„Darf auch Béla Bartók mich besuchen?“

Lu schaute seinen Sohn an.

„Wie oft war er schon da?“, fragte Lu.

„Nur 32 Male.“

„Ach ja. Und was macht ihr dann immer?“

„Na, was wohl?“

„Also, hinter meinem Rücken nimmst die Unterricht von zwei Genies?“

„Es sind eigentlich vier.“, gab Ben Lu zu.

„Wer denn noch?“

„James Joyce und Auguste Rodin.“, bekannte Ben Lu und senkte seinen Blick.

Ein wenig dampfte es aus Lus Kopf. Ben Lu sah das.

„Papa?“

„Was?“

„Du qualmst.“

„Apropos, gib mir mal bitte eine Zigarette.“

Ben Lu reichte ihm eine Schachtel. Lu nahm sich eine Zigarette und zündete sie sich an. Er nahm einen Zug.

„Wenn ich rauche, kann ich besser nachdenken.“, erklärte Lu.

„Aber natürlich, Papa.“

„Hast du Angst vor mir?“

„Ein wenig schon.“

„Merke dir eins, Ben Lu. Habe niemals Angst und schon gar nicht vor mir.“

„Aber wenn du mal sauer bist?“

„Dann biete mir Paroli.“

„Ist gecheckt, Papa.“

„Okay. Und dann frage bitte die anderen drei, ob die nicht auch Lust haben, hier in der Hölle Musiktherapie, Schreibtherapie und Bildhauertherapie zu geben.“

„Was? James Joyce soll Musiktherapie geben?“

„Hä, was? Bringe mich jetzt bitte nicht durcheinander.“

„Ich darf das, als dein Sohn.“

Lu schaute etwas irritiert seinen Sohn an. Aber dann war es ihm klar.

„Aber natürlich darfst du das, du bist ja der Sohn des Teufels.“, sagte Lu.

„Gib Check, Papa.“, sagte Ben Lu und hielt sein Hand hoch.

Lu klatschte ein.

39

„Wer ist da?“, fragte Odin durch die Sprechanlage der Stahlbox.

„Ich bin es nur. Lu.“, sagte Lu.

„Gehe weg, du bist der Teufel!“

„Ich wollte nur mal wissen, wie es dir geht, Odin.“

„Mir geht es scheiße! Und jetzt verschwinde, Teufel!“

„Okay, ich komme morgen wieder.“

„War das eine Drohung?“

„Ganz bestimmt.“

„Geh' zum Teufel.“

„Ich bin schon bei mir. Bist du auch bei dir?“

„Was?“

„Darf ich rein?“

„Aber nur, weil du es bist.“

Der Dämonwächter ließ Lu in die Stahlbox. Der Teufel trat ein. Und sah den obersten Gott der Germanen, den sogenannten Allvater. Er zeigte keinerlei Anzeichen einer Angstneurose.

„Hi, Odin.“, sagte Lu.

„Tagchen, Alter."

„Wie geht es dir, Odin?"

„Schon viel besser."

„Bekommst du noch Medikamente?"

„Nein, die Ängste haben nachgelassen."

„Freut mich. Du machst einen guten Eindruck."

„Höre bitte auf, nett zu mir sein, ich bin ein Gott."

„Darf man zu Göttern nicht nett sein?"

„Ich verstehe dich nicht, Teufel. Einerseits bist du der böse Teufel, andererseits bist du nett."

„Gutes und Böses stehen eng beieinander zusammen."

„Wie vieles.", sinnierte Odin.

„Du sagst es."

„Aber es wurmt mich etwas."

„Und was?"

„Na ja, dieser Hans."

„Was ist mit dem?"

„Der hatte mich einfach platt gemacht!"

„War das der Auslöser für deine Angstattacke?"

„Ja, und dieser Bardämon, der mir eins auf die Fresse geben wollte."

„Du fühltest dich gekränkt in deiner Ehre?"

„Aber so was von!"

„Wie gehst du damit um?"

„Ich kann damit nicht umgehen."

„Wieso?"

„Ich hatte immer gedacht, ich bin der Stärkste. Okay, bis auf Thor."

„Der Schützer der Götter."

„Genau."

„Und mit uns Dämonen hast du jetzt Probleme?"

„Ihr seid viel stärker und gewitzter als ich."

„Wir sind halt Dämonen."

„Gott im Himmel, stehe mir bei."

„Zu wem betest du?"

„Hatte ich nur so gesagt."

„Okay, ich gehe dann mal wieder. Ich muss zuhause noch das Essen machen."

„Was gibt es denn?"

„Eine Gurkenpfanne mit Schafskäse, Oliven und Reis."

„Das machst du?"

„Ja."

„Das kannst du?"

„Ich lese den *Kurier für gefallene Engel*."

„Was ist denn das?"

„Eine regionale Zeitung. Da stehen Rezepte drin."

„Na, dann guten Appetit, Teufel."

„Danke dir, Odin. Und denke mal über dein Auge nach."

„Was für ein Auge?"

„Das dir fehlt."

40

Der Essraum war umgestaltet. Mittig war der Laufsteg angeordnet. Drumherum waren die Stühle gesetzt. Die waren alle besetzt, denn alle wollten gucken. Und die, für die es keinen Stuhl mehr gab, standen. Der Raum war sozusagen brechend voll. Lu Teufel erschien auf dem Catwalk. Es gab tosenden Applaus. Max Ernst, James Joyce, Auguste Rodin und Béla Bartók waren auch da. Max Ernst hatte einen Zeichenblock dabei. Und auch Ben Lu.

„Herzlich willkommen zur ersten Modenschau in der Hölle!“, sagte Lu durch das Mikrofon.

Es gab neuerlichen Applaus. Und man trank frisch eingetroffenen Champagner. Nur einige Götter enthielten sich des Alkohols.

„Ich hatte die Idee gehabt, eine Modenschau in der Hölle zu veranstalten.“, fuhr Lu fort.

Neuerlicher Applaus.

„Du hast immer gute Ideen!“, rief jemand aus dem Publikum.

Lu hatte das gehört.

„Wer war das?“

Niemand meldete sich.

„Derjenige will sich anscheinend nicht zu erkennen geben, aber wenn noch mal jemand dazwischen ruft, den werde ich eigenhändig braten!“

Man lachte und wieder Applaus.

„Ich werde dann den Gebratenen essen, mit Mayo oder Currysauce!“

Man lachte wieder und wieder Applaus.

„Aber ich kann mich nicht entscheiden! Soll ich Mayo nehmen oder Currysauce?!“

„Currysauce! Currysauce!“, rief das Publikum.

„In Ordnung, ich nehme dann Mayo!“

Alle lachten.

„Und Pommes!“, ergänzte Lu.

Man lachte erneut und klatschte. Lu wartete, bis der Beifall abgeebbt war.

„Ich hatte jedoch ein Problem! Ich hatte keinen Designer! Ich suchte in der Hölle, da gab es keinen! Logisch, denn Ästhetik ist was für den Himmel!“

Wieder Beifall.

„Also fuhr ich mit dem besonderen Fahrstuhl in den Himmel!“

Erneuter Applaus.

„Und ich fand im Himmel jemanden!“

„Currysauce!“, rief wieder der Dazwischenrufer.

„Hans?!“

„Ja?!“

„Höre auf mit dem Dazwischenrufen!“

„Ich weiß, dann brätst du mich und isst mich mit Mayo!“

„In diesem Fall bevorzuge ich Currysauce, sonst kriege ich dich nicht 'runter!“

Es gab schallendes Gelächter. Dann ebbte es ab.

„Ich nehme an, ihr wollt jetzt alle wissen, wen ich gefunden habe?“

Niemand klatschte, niemand sagte etwas. Alle wollten es wissen.

„Nun gut, ich sage es euch. Es ist die griechische Göttin der Schönheit Aphrodite.“

Ein Raunen ging durch das Publikum.

„Sie ist hier und begrüßt mit mir Aphrodite!!“

Es gab wirklich tosenden Applaus, und Aphrodite erschien. Der Beifall nahm zu. Odin zog sich eine Sonnenbrille an. Lu sah das.

„Keinen Champagner heute, Odin?!“

„Nein, heute nicht.“, sagte Odin.

Nur wenige hatten die Antwort von Odin gehört, man wurde leise.

„Und was ist mit der Sonnenbrille?“, fragte Lu in leiserem Ton.

„Ich bin erst kürzlich aus der Stahlbox heraus.“, sagte Odin.

Alle hörten zu. Niemand sagte etwas.

„Du brauchst noch etwas Sonnenschutz?“, fragte Lu.

„Ja, ich denke schon.“, sagte Odin.

„Ist es dir hier zu eng inmitten von so vielen Leuten?“

„Ich schaffe das schon, Lu.“

„Gut. Wenn was ist, melde dich, Odin.“

„Ja, mache ich, Lu.“

Da trat eine junge und überaus ansehnliche Frau in den Raum.

„Was geht hier vor?!“, rief die Frau in den Raum.

Sie war mit Schwert, Lanze und Schild bewaffnet. Alle schauten zu ihr.

„Wen darf ich melden?“, fragte Lu.

„Deine Scherze kannst du dir sparen, Teufel! Was machst du mit meinem Chef?!“, fragte die Bewaffnete.

„Wer ist denn dein Chef?“

„Frage nicht so bescheuert, Teufel!“

„Oh, du magst mich nicht?“

„Wer mag schon den Teufel?! Und wer mag schon das Christentum?!“

„Mit wem habe ich die Ehre?“

„Ich bin Siegholde, ich bin einer der Schildjungfern Odins!“

„Du bist eine Walküre?“

„Du kannst gerne mein Schwert kosten, Teufel!“

„Wir wollten eigentlich gerade die neueste Kollektion von Aphrodite kosten.“

Siegholde schaute ein wenig irritiert.

„Darf ich mitmachen?“, fragte Siegholde.

„Dafür musst du aber die Waffen ablegen.“

„Wo kann ich mich umziehen?“

„Backstage.“

„Okay.“

Siegholde verschwand hinter dem Vorhang. Lu war am Nachdenken.

„Hey, Currysauce! Mach' weiter!“, rief Hans, der Dämon vierter Klasse.

„Hast du dich etwa in die Walküre verliebt, Hans?!“

„Aber klar, Chef!“

Alle lachten.

„Na gut! Wir beginnen! Hier die erste Schöpfung von Aphrodite!“

Die erste Schöpfung kam herein. Eine Dämonin trug es, das Kleid war hinreißend. Man applaudierte. Und die Dämonin konnte so wunderbar laufen. Alle weiteren Dämoninnen konnten wundervoll laufen, und sie sahen alle aus, als wären sie die ultimativste Objektivation des Weiblichen. Dann kam Rosy.

„Ist das Rosemaries Baby?!“, rief Hans.

„Nein, das ist Rosemarie selbst! Hast du dich verliebt, Hans?!“

„Ja, Chef!“

Man lachte. Rosy trat ab, und Siegholde kam. Niemand sagte irgendetwas, niemand applaudierte. Lu bemerkte das.

„Ist sie nicht einen Applaus wert?!“, fragte Lu.

Niemand regte sich.

„Was ist, liebes Publikum?!“

Hans Küng meldete sich.

„Ja, Professor?“, fragte Lu.

„Ich habe noch niemals eine schönere Frau gesehen.“, sagte Professor Küng.

Siegholde lächelte. Dann gab es tosenden Applaus für die Walküre. Sie trat wieder ab. Da kam jemand neues den Catwalk entlang, und Lu schaute verwundert, denn es war keine Frau und schon gar nicht seine. Dafür aber deren Vater. Es war der Feuergott Loki. Es gab tosenden Applaus, denn alle hielten das für einen gelungenen Scherz. Loki verneigte sich. Dann ergriff er das Wort.

„Es steht noch ein Model für diesen Abend an, und ich Loki, der Feuergott, möchte sie ansagen! Ich möchte das ungern meinem Schwiegersohn überlassen, denn ich bin nun mal der Papa dieser wunderschönen Frau!“

„Es sei dir gegönnt!“, rief jemand aus dem Publikum.

„Aber bevor sie hier erscheint, möchte ich als stolzer Papa meinem Schwiegersohn meinen herzlichsten Dank sagen, denn er hat aus der einstigen Totengöttin eine Göttin gemacht!"

Wieder Beifall.

„Und nicht nur das, mein Schwiegersohn hat mich zum Opa gemacht!"

Beifall.

„Allerdings weiß ich nicht, ob mir das gefällt, denn *Opa* klingt so alt!"

Man lachte.

„Aber ich werde es überleben. Und hier meine Tochter, die Göttin Hel!", sagte Loki und trat zur Seite.

Hel erschien. Alle schauten. Und alle mussten sich Sonnenbrillen aufsetzen. Nur J und Gott nicht.

„Wieso habe ich eigentlich keine Tochter?", fragte Gott seinen Sohn.

„Was soll das denn heißen, Papa? Bist du mit mir nicht zufrieden?", fragte J.

„Ich bin voll und ganz mit dir zufrieden, J. Aber ich hätte gerne noch eine Tochter."

„Dann suche dir eine Frau."

„Wird schwierig."

„Wieso?"

„Maria ist schon vergeben."

„Du findest bestimmte eine neue."

„Das sagst du so einfach."

„Wieso, was ist denn?"

„Es gibt so viele wunderschöne Frauen, ich kann mich einfach nicht entscheiden."

„Papa?"

„Was?"

„Du solltest Psychotherapie machen."

„Noch mal?"

„Aber hallo."

„Hallo, mein Sohn."

„Hallo, mein Papa."

Die Show neigte sich dem Ende zu. Anschließend unterhielt man sich, alle waren glücklich. Und das Kernkraftwerk heizte, so dass niemand frieren brauchte, denn in der Hölle war es bekanntlich warm. Man trank Sekt und Champagner, nur ein paar spezielle Götter nicht, denn sie waren vernünftig geworden.

Finis Operis

40379932R00192

Printed in Poland
by Amazon Fulfillment
Poland Sp. z o.o., Wrocław